邪竜転生 1
～異世界行っても俺は俺～

ALPHA LIGHT

瀬戸メグル
Meguru Seto

アルファライト文庫

MAIN CHARACTERS
登場人物紹介
邪《じゃ》竜《りゅう》
勇者も魔王も瞬《しゅん》殺《さつ》する最強の邪竜。
前世は「宝くじ当たんねぇかな……」
が口《くち》癖《ぐせ》のダメリーマン。
涙もろく情に厚い。
ジャー
邪竜が人型を取った姿。
イケメンだが、戦闘力は邪竜時の
百分の一程度。
イレーヌ
暗い過去を持つ
エルフの女の子。
十四歳とは思えない
発育具合。
スラパチ
邪竜を慕《した》う
スライムその1。
性格は素直。
スライレ
邪竜を慕うスライムその3。
いつもおどおどしている。

サイクロプス
目玉が大好物の
一つ目の化け物。
知能が高く、
狡猾《こうかつ》で残虐《ざんぎゃく》。
スラミ
邪竜を慕う
スライムその2。
気が強いメス。
クロエ
邪竜に挑み続ける
美女勇者。
意外に尽くすタイプ。
ルシル
地方都市グリザードを治める
公爵家《こうしゃくけ》の長女。邪竜の
熱狂的なファン。

1　邪竜《じゃりゅう》ですが何か？

「人々を苦しめる邪竜よ！　今日という今日は勝たせてもらう！」

もう何度目になるかわからないセリフを聞きながら、俺はため息をついた。

いい加減、しつけーわこの女。森にやってくんの今日で何回目だ。どれだけやられたら気が済むわけよ。

ライトブラウンの綺麗《きれい》な髪で顔も整っている、いわゆる一つの美人なのだが、剣を掲《かか》げて目に戦意を迸《ほとばし》らせてりゃ当然色気《いろけ》なんてものはない。

「あ～、うん、悪いけど昼寝すっから後にしてもらえねーかな？」

「何をふざけたことを！　今すぐ私と勝負しろ！」

「いや、だからさぁ……」

「いくぞ邪竜！」

こいつマジで人の話聞かねえ！

女は剣に電撃を纏《まと》わせながら斬りかかってきた。しょうがないので白銀色の尻尾《しっぽ》を使い、適当に相手をしてやる。

キン、キン、キンッ。

一応、俺の体に電撃系はほとんど効かない。だから感電とかもしない。

体高は三メートルくらいと小柄だが、尻尾は軽く三メートル以上ある。まあ体高よりもだいぶ長い感じだな。

皮膚《ひふ》も硬いし、翼だって生《は》えてっし、吐こうと思えば、数キロ先まで火の海に変えちまうブレスとかも吐ける。

ま、あれだ。この女の言うとおり、俺は今邪竜とやらをやってるんだ。

「ハア、ハア、ハア、ハア」

鼻くそほじりながら相手してたら、女が勝手に疲れちまったようだ。

「なあ、この辺でハーフタイムでも取っとく？」

「何を意味不明なことを！　まだだ、まだ私はやれるッ！」

なんか逆鱗《げきりん》に触れちまったようで、女は大魔法を詠唱《えいしょう》し出した。

さすがに大魔法はちょっと怖い。……つーかこの女、まだ十代だってのにマジで優秀だよな。剣筋《けんすじ》も悪くないし、他の冒険者やらと比べてもかなり戦闘能力高いし。

相手に敬意を表して、一発だけ我慢してやるか。

「――サンダーブレードッ‼」

女の声に合わせて、暗雲垂《た》れ込めた空から一筋《ひとすじ》の雷光が降り注《そそ》ぐ。それは俺の頭部を直撃すると、そのまま地面まで抜けていった。

ビリリ、とちょっとばかし痛みが走り、のろしのように体から煙が上がっている。

俺は白目をむいて、ドスンと地面に倒れた。

「ハッ、ハッ、や、やったのか……？　わ、私は、邪竜……を、倒した……のか？」

「いいえ」

「え？」

俺は寝っ転がったまま、尻尾だけをムチのようにしならせ、女の側頭部をひっぱたく。

全く身構えていなかった女は言葉もなく気を失った。

はい死んだフリ終わり。

俺は立ち上がると、首をコキコキ鳴らした。いや竜でも肩とか凝《こ》るわけよ。

「おーい、おまえらどうせ見てんだろー？　いつも通り頼むわー」

ここは森の深奥《しんおう》で普段は俺一人しか棲《す》んでいない。しかし今は、いくつもの気配がそこら中にある。

「おやびん！　まかせてください！」

カサカサと。カサカサカサカサと。

灌木《かんぼく》から様々な色の生物が大量に出てくる。体長は三十センチあるかどうか。体は丸みを帯《お》びていて、肉質はゼリーに似ている。でもクリッとした目と口がちゃんとある。

スライムってやつだ。

「おやびん、イリグチのところでいいですか？」

「ああ頼むわ。一応野獣に食われねえように目立たねえとこで」

「「「りょうかいしました！」」」

そう言ってスライムたちが隊伍《たいご》を組み始める。俺はベッドに載《の》せる要領で女をスライムたちの上に運んだ。

「「「おいっちにー、おいっちにー」」」

可愛《かわい》らしい掛け声とともにスライムたちが行進していく。見慣れた光景だけど、まあ、やっぱ可愛いわ。

地球にいたら間違いなくマスコットキャラとかになれる。前に流行《はや》ってたゆるキャラだっけ？　あんなやつらには絶対負けないと思うぜ。

ようやく平穏な時間が戻ってきたので、俺は横になってあくびをもらす。

ああいう腕に覚えのある冒険者とかいう輩《やから》が後を絶《た》たない。俺は人を食わねえし、悪《わ》いこともしてねえのに、邪竜ってだけで挑んできやがる。

でも、大抵のやつは実力差を見せつけるともうやってこねえ。あの女みたいなのが特別なのよ。あれ、たぶん魔王とか倒しちゃうタイプだね。

美人だし俺が勇者だったらお嫁《よめ》にしてやっても良かったんだけど。

「まあいいわ。そろそろ寝っか」

◇◆◇

夢を見た。

日本のサラリーマンの夢だ。

そいつは営業マンなんかをやっていて、外回りの毎日で足がパンパンに張っていた。

「マジだりぃわー、働きたくねえわー、宝くじ頼むわー」

彼女もいなければ信頼の置ける友人もいない。営業という仕事のおかげで外面《そとづら》は多少繕《つくろ》えるが、内心はけっこう腐《くさ》っているやつだった。

でも、仕事の成績は悪くない。いつもそこそこの結果を出していた。だからクビになることはない。

とはいえ、金持ちでもない。だからいつも、宝くじで六億円当籤《とうせん》を夢見ていた。

その日も、宝くじを三千円分購入し、金持ちになる妄想《もうそう》にいそしみながら道路を渡ろうとしているところだった。

だがしかし。

そこへ車が猛スピードで突っ込んできた。歩行者用の信号は青。つまり、車は赤信号なのにブレーキ一つ踏《ふ》みやしないのだ。

「グワッァ！」

自分でも気味悪いと思う悲鳴とともに、サラリーマンは撥《は》ねられた。避《さ》ける暇なんてありゃしなかった。

リーマンが最後に見た光景は、車の中でディープキスをしているカップルの姿であった。

マジふざけんなよ、あのクソカップルが‼

◇◆◇

そうです、そのひき殺されたリーマンってのは俺なんです。

クソカップルのせいで死んだ俺なわけだが、そこで終わりではなかった。

気づいたら、美しい白銀色の身体をした竜になっていたのだ。つまり今の俺ってわけだな。

何がなんだかさっぱりだけど、考えても俺の頭じゃ答えは出ないと思ったね。だから、人間以外に転生したってことで納得した。

ファンタジーは嫌いじゃねえし、ドラゴンも好きだからわりかし普通に受け入れられたのだ。

問題はあれだな。この竜がけっこうやべーやつらしくて、邪竜とか呼ばれ、竜族（？）の中でもトップに位置するやつらしい。

生まれ変わって数年だけど、週に一回はさっきの女みたいなのが訪ねてくる。ま、全員返り討《う》ちにしてやってんだけど、やつらもこりねえ。俺は森で静かに暮らしてえのに、オチオチ昼寝もさせてくれやしねえの。

もう慣れたけどよ。竜の生活も案外悪くねえ。

スライムのおかげで、孤独でも寂《さび》しいわけでもねえし。

働く必要もなくなったんで気楽でいいわ。毎日が日曜日って最高！

俺ってやつは生まれ変わっても、何も変わってなかったわ。

2　一つ目の怪物

スライムは、臆病《おくびょう》なことで知られている。

人間や他の魔物と遭遇《そうぐう》したらさっさと逃げ出すような無害な存在だ。小動物的な可愛さもあり、恐れる対象では決してない。

そんなスライムは、同じ種族だけで群《む》れて生活するのがほとんどらしい。でもこの森に棲むスライムたちは全員、邪竜である俺を受け入れてくれている。その中でも特になついているのが何匹かいる。

「おやびーん、きょうはてんきがいいですねー。おいら、こういうひがダイスキです」

みんなより目がクリッとしていて、のんびりとした話し方をするスラパチ。素直な性格をしているが、抜けているのがたまにキズだ。

「ねえおやびん、良かったらあたしたちのこと、背中に乗せて欲しいわ」

オスのスラパチより一回り小さいメスのスラミ。気が強くてしっかりしている姐御肌《あねごはだ》のスライムだ。

「そ、そらの……たび……僕も、いき……たい……な……」

プルプルと小刻《こきざ》みに震えているのはスライレ。スラミとは対照的に気が小さくて、いつも何かにビクついている口調なのが特徴だ。

こいつらはやたら仲が良く、三匹一組でいつも俺のところにやってくる。

今日もまた俺の周りをぴょんぴょんスーパーボールみたいに跳《は》ねて回っている。テンションが高いのはいつものことだ。

しかしそうだな……森の常緑広葉樹たちも見飽《みあ》きたところだし、こいつらの願いでも叶えてやるか。

「よし、んじゃ俺の背中に乗れ」

「わーい、ありがとうございますっ」

「やったわ！」

「う、う、うれ………しい」

獣のように四足歩行状態になってあげると、スライムたちが高くジャンプしてストンと俺の背中に乗った。

これで準備オーケー。

俺は強靭《きょうじん》な脚力で地面を蹴《け》り、翼を羽ばたかせる。

「おまえらハシャぎ過ぎて落ちんなよー」

キャーキャー騒いでいるスライムたちに注意を促《うなが》しつつ、俺自身も気分が高揚《こうよう》しているのを感じる。

人間から竜になって一番嬉しかったのが、こうやって空を縦横無尽《じゅうおうむじん》に飛べるようになったことだ。

蒼天《そうてん》に見守られながら、澄《す》んだ空気を体内に取り入れ、翼で風を切っていく。

人類は長いこと鳥のように飛ぶことを渇望《かつぼう》して、ライト兄弟だか誰だかがようやく飛行機を発明したわけだけど……自分の力だけで飛ぶことは未だ成し遂《と》げていない。

でも俺にはそれができている。これが幸せってやつなんじゃねえのかな。

「人生ってこんな自由なんだなぁ……会社員時代が嘘《うそ》のようだ」

目覚まし時計に怒鳴《どな》られて、突然鳴るスマホの着信音に肝《きも》冷やして、舌打ちばっかしてる上司の顔色チェックして、通告もなしにカットされるボーナスに涙して、政治家の思いついた気まぐれな政策に一喜一憂《いっきいちゆう》して……。

あれはなんだったんだろうな。夢？　むしろこっちが夢なのかもしれない。夢なら覚めないでくれ。

なんて祈りを捧《ささ》げてたら、スラパチからつっこみが入った。

「じんせい？　おやびんはリュウですよ？」

「おっと、そういやそうだったわ」

「いまのは、どらごんじょーくですね、わかります」

こうやってスライムたちとたわいもない会話を続けながら、渋滞《じゅうたい》のない空をドライブしていく。

人間も様々なように、大地も草に覆《おお》われていたり沼地があったりしていろいろだ。川も山も森もある。自然があるのは異世界だって同じだ。仕組みはそこまで変わらない。

「あら、あれなにかしら？」

スラミが珍しいものでも発見したかのように言うので、俺も下方をチェックしてみる。

枯れ木が密集する中に、紫色の生物と人間を発見した。

男のほうは成人しているようで、結構立派な斧《おの》を構えている。

魔物と対決しているんだろう。こっちの世界では珍しくない光景だ。

あ、斧が吹っ飛ばされた。力の差にビビりすぎたのか、男は尻餅《しりもち》までついて顔を歪《ゆが》めている。

「お、お、おやびん、助けて、あげて」

「スライレ……でも、人間はスライムのことだってよく襲うぞ」

「それでも、なかには、やさしい人いる。やっぱり、助けて、ほしい」

「あいよ」

元々そうするつもりだったしな。人間やめたからって人嫌いになったわけではないのだ。

魔物の背後側から、地面すれすれの低空飛行で近づいていく。

「ひいい、やめろお、くるなああ！」

「クフフ、泣ケ、喚《わめ》ケ、もっともっと」

だいぶ近づいたんだけど、両者ともまだ俺に気づいていない。というか紫の魔物、結構デカいな。

腰布を巻いた二足歩行型生物だ。露出《ろしゅつ》している上半身はかなり筋肉が盛《も》り上がっている。

布を巻いていること、言語を操《あやつ》ること、そしてデカい金棒を所持していることから見て、それなりに知性はありそうだ。

あとは顔を拝《おが》みたいんだけどな。そう思って魔物の背後に忍び寄る俺。

「おまえラが苦シメば苦シムほど、オレは嬉シイ。歪《ゆが》んだ顔を見ナガラ食べる目玉は最高ダカラ」

なんかすぐやられる悪役みたいなセリフだな。ともかく、そんなセリフを吐くことに夢中になってて、俺の存在に全く気づいてくれねえの。

しょうがないのでスライムたちを下《お》ろしてから、俺は魔物の肩口に手をかけた。

「おめーさ、ドS？」

「ナッ、誰ダッ!?」

「うおっ」

驚いて飛び退《の》く魔物に対して、こっちも同じくらい驚かされた。なぜかって、こいつ目玉が一つしかねぇんだもん！

野球ボールサイズのそれは、白目の部分が紅《あか》くて不気味。瞳孔《どうこう》は爬虫《はちゅう》類のように縦長になってやがる。

それに禿《は》げた頭からは短い角《つの》みたいなのが二本ほど生《は》えていて、口はあるものの鼻がない。

こんな薄気味悪い一つ目怪物を間近《まぢか》で見ちまったのだから、俺が声をあげるのも無理ない。

「なぜこんなトコロに竜ガ……」

「ちょっと通りすがりでな」

「クッ、何という邪気《オーラ》。オレとヤルつもりカ……」

瞬時に俺の敵意を察知したらしく、一つ目怪物はすぐに戦闘モードに入る。

どうせ話し合いでは解決なんてできねえだろうし、こういうてっとり早い展開は嫌いじゃねえかも。

「グァアア！」

一つ目怪物は高く持ち上げた棍棒を俺の肩にたたき落とした。人間を凌駕《りょうが》する腕力で振り回される鉄製棍棒。並の生物ならぺしゃんこだろう。

「ドウダッ！　これがオレの力ダ！　グフフフ————ン？」

「あのよ、もう少しマシな肩たたきしてくれよ」

「ソンナ……ナ、ナラバ、オレの奥の手を見せてグファッ⁉」

俺が真《ま》っ直《す》ぐに腕を伸ばすと、鉄をも裂《さ》く竜爪《りゅうそう》が怪物の胸板を突き破る。

そのまま怪物が突き刺さった腕を近くの大木に向けて振るうと、「ア……ア……」と短い悲鳴をあげて飛んでいった。怪物は木に衝突して地に倒れ、電池が切れたように動かなくなった。

もったいぶってねえで、最初から奥の手とやらを使えばよかったのに。

俺の勝利が確定するなり、スラパチたちが歓喜の声をあげて跳び出してくる。

「さすがです、おやびん！」

「ふん、あんな怪物、いい気味だわ」

「あり……がとう……おやびん」

テンションマックスのスライムたちは普通に可愛いと思うわけ。なのに、顔を青くしてドン引きしているやつがいるので、俺は声をかけてやった。

「よお、怪我《けが》はないか？　ないな」

「じゃじゃじゃじゃじゃ、じゃ、りゅう……」

「安心しろって。今の俺に邪《よこしま》な気持ちとかねえから。純粋に人助けしてみたってやつ？　まあ、礼を言いたいなら、このスライレに頼むわ」

俺としてはだいぶ優しい口調で言ったつもりなのだが、恐慌《きょうこう》する人間には脅《おど》しにでも聞こえたのだろう。

顔面蒼白《そうはく》の男は激しく震え、ブツブツと何か唱《とな》え始めた。どうやら「どうかお助けを～」と神に祈ってる模様《もよう》。スライムが安心させようと言葉をかけるが、馬の耳に念仏状態だ。

こりゃどうしようもねえなと頭かいてたら、男は突然石を拾って錯乱《さくらん》した様子で投げつけてきた。ゴンッ。痛……くねえけどね。

「お、お、おれを騙《だま》して食うつもりなんだろう！　そうはいかないぞ、おれは、おれには、おれを愛して待ってくれている人がいるんだっ！　帰らなくてはいけないんだ！」

「あ、そう。んじゃ帰ればいいじゃん」

「絶対に絶対に帰らなきゃ……エ？　……いいの？」

俺が普通にうなずくと、男はさらに混乱した様子を見せた。

「でもでも……あれ、もしかして、助けてくれた、感じ？」

「どう見てもそうじゃねえか。もういいから早く帰れよ」

「あ、うん。えと、なんか、石とか投げてごめん。じゃあ帰るよ。バ、バイバイ」

「おう」

自分を食べようとしたわけではないと理解した男は、「ママーッ」と叫びながら走り去っていった。

愛して待ってるのって、ママだったのかよ。

スラミが不服そうに鼻を鳴らす。

「フン、こんなに美しくて凛々《りり》しいおやびんに助けられて、あの態度はないわ。途中で魔物に食べられればいいのに」

さすがに酷《ひど》いぞとつっこもうとしたら、背後からスラパチの叫ぶ声。どうしたと振り向くと、奇妙な光景がそこにあった。どう奇妙かっていえば、あるはずのモノがなくなってるわけ。

「おやびん、いつのまにか、したいが」

そう、あの一つ目怪物の死体が忽然《こつぜん》と消えているのだ。いや、正確には、なくなったわけではないのだろうが。

「あいつ、生きてたのか」

死んだフリをし、俺たちの目を盗んでコッソリと逃げたのかもしれない。

心臓を突き破ったはずだが、急所ではなかったということか……ブレスで灰にするのが正解だったたか。もしくは首から上を潰《つぶ》すとか。

「まあいいや、帰るぞ」

「「「はーーい」」」

だいぶ遠くまで来ちまったからな。空も徐々に赤みを増している。もうホームフォレストへ帰る時分だろう。

スライムたちを背に乗せて、俺はまた空を泳ぐ。

3　黄金《おうごん》のリンゴ

猫が昼寝をするときのように丸まって、俺は体を休めていた。

いつものことだが、森の最奥《さいおう》にはほのぼのとした時が流れている。スラミとスライレが俺の近くで戯《たわむ》れているので、尻尾の先をしゅるしゅると動かしてくすぐったりしてみる。ケラケラと楽しそうに破顔《はがん》するスライムたち。でも、遊んでいるのは二匹だけだ。近くにスラパチもいるのだが、こいつはピクリとも動かずに何か考え込んでいた。

一番楽天的なはずなのに変だなと思ってたら、ようやく声を発する。

「おやびん、おうごんのリンゴってしってますか？」

「いや」

ガキの頃に読んだ本かなにかで、黄金のリンゴは見たような気がする。でも現実にはそんなもんはないはずだ。そう即答したところ、スラパチがシュンと落ち込んでしまった。

なんかごめんな。

「……そうですかぁ。おいら、たべてみたかったんです……」

「どこにあるんだ？　取ってきてやってもいいけど」

「ほんとうですかっ、わーい！　ええっと……このあいだ、モリにきたヒトたちがはなしているのをヌスミギキしました。ここからずっとニシのオヤシキのニワ？　にあるみたいですよ。すごくキチョウらしいです」

西方にあるお屋敷の庭か。聞いたことも行ったこともねえな。町から離れたところにあるらしいが具体的な場所まではわからないらしい。

金持ちが庭に特殊な木でも植えているってことでいいの？

　スラパチたちを連れていくか迷ったけど、今回は単独で行動することに決めた。屋敷を探して飛び回ることになると思うが、スライムを背中に乗せるとあまりスピードが出せない。俺がさっさと行って、さっさと帰ってきて黄金のリンゴをこいつらに食わせる。これでいい。

「んじゃ、人間が来たらちゃんと隠れろよ。ほかのスライムたちにも伝えといてくれ」

「はい、よろしくおねがいします！」

「おやびん、できれば私のぶんも持ってきてね？」

「ぼ、僕も、食べ……たい…………な」

　スラミとスライレも物欲しそうな顔でおねだりしてくる。

「複数あったらな。じゃあ行ってくるわ」

「「「いってらっしゃーい」」」

　こうして俺は存在するかも怪《あや》しい黄金のリンゴを求めて、森を出ることになった。

　広い大陸を西に横断《おうだん》しながら屋敷を探していく。

　普段はあんまり西のほうへは行かねえんだけど、あっちは魔物とか少ないのかね。腕に自信がなきゃ、家を孤立《こりつ》させるって結構危険な気がするが。

　しかし……黄金のリンゴねえ。リンゴそれ自体は優《すぐ》れた果物だ。それは認める。けど黄金っていう冠《かんむり》が付くと今イチ美味《うま》そうに感じないのはなぜだろう。なんか鑑賞用として飾《かざ》ったほうが楽しめそうな気すらする。

ま、あいつらが食いたいなら、よほどのことがない限り手に入れようとは思う。

で、キツイ日差しにさらされること三時間。

背の低い草が生《お》い茂《しげ》る草原の近くにご立派なお屋敷を発見した。しげしげと上から観察してみる。レンガで作られた高そうな洋館で、ガラスのはめられた窓が多くある。

魔物の侵入を防ぐためか、館をぐるりと囲むように外壁が作られており、正面の門では二人の若い門番が見張りの任に就《つ》いている。

館の前には広い庭があって花や木が植えられていたりするのだが、そこに黄金のリンゴが生《な》る木があるのだろうか。つーか本当にここなのかよ。

不法侵入することもできたけど、まずは話を聞きたいので門番の近くに着地する。門番たちは俺を見つけると、目と口をデカく開けたまま固まってしまった。

怖《こわ》がられている、または敵対心を抱《いだ》かれているのは明らかなので、遠くから声をかける。

「ちょっと聞きたいことがあるんだけどー」

「しゃ、しゃべっ……た」

「そ、それより、りゅ、竜だぞ……なんだってここに竜が……」

予想通り、パニックに陥《おちい》ってしまったようだ。俺の経験上、こういうときに人間が取る行動パターンは大体決まっている。

動揺しながらも戦いを挑んでくるタイプ。殺《や》られる前に殺《や》ってやるうううう精神だな。これが大体十パーセントくらい。

次に恐怖で動けなくなるタイプ。これは四十パーくらいが取る行動パターンで、大抵腰が抜けて座り込む。ひどいやつになると下半身から大量に体液を漏《も》らしてしまう。

そして残りの五十パーは、何をおいても逃げまくるタイプ。こういうやつは便所で遭遇《そうぐう》したゴキブリを彷彿《ほうふつ》させる勢いで逃走するな。

さて、この門番たちは――。

「たすけてええええ！」

「馬鹿っ、どこ行くんだ⁉　ミカロ様に報告しなきゃだろうが！」

俺から遠ざかるように走り出した門番を仲間が引き止める。

「離せえっ！　逃げなきゃヤバいんだよ！」

「竜族だからって、そこまで逃げ腰になるな！」

「おまえは竜の恐ろしさを知らないからそんなこと言えるんだ……俺の村はたった一匹の下位竜に滅ぼされたんだ。トラウマなんだよおお」

「わ、わかったから落ち着け。ミカロ様は竜殺しのアイテムを所持している。なんとかなるはずだ」

「脳みそお花畑かこの野郎っ。あれ邪竜だろ絶対！　通じるわけがねえ」

「嘘……あれ邪竜なん？」

「竜にしては小柄、銀色の皮膚、なによりあの目を見ろ！　圧倒的だ。どんな生物もあれには勝てない。……俺にはわかる。あいつの心の中は『殺す殺す殺す』という殺気《さっき》で埋め尽くされている」

殺さない殺さない殺さない、浣腸《かんちょう》されても怒らないし殺さない。

「な、なんで邪竜が。やだ、いやだ、死にたくない」

弱気男の恐怖心が伝染したのか、もう一人も後ずさりを始めた。

以心伝心《いしんでんしん》とは親しい間柄限定。門番同士は仲良しかもしれないが、俺とは初対面なんだから思っていることは口に出さなきゃ伝わらないだろう。そう考えて俺は言ってみた。

「俺がおめーらを殺すことはないぞー☆」

なるべく朗《ほが》らかな印象を与えるようトーン高めに声を出し、ウインクもしておく。キラッと星が出る感じで。

「もうやだぁ！　今俺がお星様になるとこ見えちまったぁ」

「……俺も。逃げよう、今すぐ」

こうして二人とも俺の視界からサヨナラするのであった。心が萎縮《いしゅく》しちゃったやつには、愛の言葉も脅しに聞こえたりするもんだ。

ここは放っておいて、あいつらの言っていたミカロとかいうやつに直接会いに行こう。外壁を越《こ》えて庭園にお邪魔する。

おっと、お宅訪問する前に、まず目当てのものがあるのかを確認しなきゃならない。リンゴがなかったら会う必要ないもんな。

えーと、黄金のリンゴの木は…………マジであるのかい‼　黄金色《こがねいろ》のリンゴが生る木は、庭の隅《すみ》っこで確かな存在感を放っていた。

俺はハイテンションでリンゴの木へ駆け寄り――超絶《ちょうぜつ》ガッカリさせられた。

あぁ、そういうことだったのな……。

黄金のリンゴの真実を知ってしまった俺はそのまま帰ろうと踵《きびす》を返したが、思い留《とど》まる。

あいつらの期待に満ちた瞳を思い出してしまったのだ。

でもこれを持っていけば騙《だま》すことになる。が、騙し通すってのもありかもしれねえ。真実を知らなければ幸せってこともある。

そうと決まれば、何個か譲《ゆず》ってもらわなきゃならない。問題は、どうやってコミュニケーションを取るかだ。

あんまやりたくねえけど、ここは前世の営業スキルを活用するしかない。

俺は入り口のドアを壊さないようノックする。すぐに召使いの若い女が出てきた。こちらを見上げるなり硬直《こうちょく》したので、腰から三十度上体を折りお辞儀《じぎ》する。

「お忙しいところ失礼いたします。わたくし、ここより遠く離れたところにある森で邪竜をやっている者です。本日はミカロ様にご用がありまして」

「あ、あ、あ」

「一般的に、竜族は人間に危害を加える生物だと言われておりますが、私に限って申せばそのようなことは決してありません。むしろ人族の方々を心より尊敬しており――」

ペラペラ適当に舌を回してたら、女は「よ、よ、呼んできます、少々お待ちくださいーっ」と二階へと駆け上がっていった。

少しして、ヒゲの似合うダンディーな男が下りてきた。ぶっそうな剣を構えながら。

俺はさっきと同じように頭を下げる。

「ミカロ様、お気持ちはわかりますが、どうかその剣で私を斬らないでいただきたいのです」

「き、君は、なんなんだ……？　邪竜と名乗ったと聞いたが……」

「はい、邪竜でございます。ですが、私があなた方を傷つけることは絶対にありません。本日お訪ねしましたのは、あちらにある――」

こっちの目的を告げてから、さっさと交渉に移る。

内容は、何でも一つ言うこと聞くから、木に生っている果物を何個かくれ。実にシンプル。

交渉はものの数秒で成立した。

ミカロが果物の代わりとして要求してきたものは——。

「さ、触らせてほしいんだ。その腕、翼、尻尾などを。い、いいだろうか？」

「もちろんでございます」

ダンディとはいえ、おっさんにベタベタ触られるのはぶっちゃけ嫌だった。でもそういう約束だから文句言わずに我慢《がまん》する。

ミカロは満足すると、果物を小綺麗《こぎれい》な袋に入れて俺に手渡してきた。礼を述べ、ようやく帰れると喜んだ矢先、近くから大声が。

「なんで、こんなところに竜がいるのよ！」
十六、七歳くらいの少女が驚愕《きょうがく》している。体つきは小柄で、赤茶けた髪とそばかすが特徴的な子供だ。
どうやらミカロは面識《めんしき》があるらしい。すげー面倒くさそうにため息をついている。

「また来たのか、ロリー。何度来ても金は貸さないぞ」

冷たく言い捨てるミカロ。ついさっきまではガキみたいにハシャいでたのに、今はずいぶんと厳しい顔つきだ。

「そんなことよりミカロさん、早く逃げなきゃ！」

「大丈夫だ。彼は私の友人だ。いや友竜《ゆうりゅう》かな」

別に友竜になった覚えはないけどよ。

「どうぞ、私のことは気にせずお話を続けてください」

そう俺が告げる。ロリーという少女は柔軟《じゅうなん》な思考の持ち主らしく、すぐに状況を受け入れ、俺を無視してミカロに金の無心をし出した。

が、ミカロはそれを一蹴《いっしゅう》する。

「何度言ったらわかる。金は貸さん！　父親のことは気の毒だとは思うが、そういった境遇の者は多い。それら全てを私が救わなくてはいけないのか？　違うだろう」

その後続いた二人の会話から事情を察すると、ロリーの父親は病気持ちらしく、薬草を買う金がどうしても欲しいのだそうだ。

「だったら剣だけでも貸してよ。あたし、自分で採《と》りにいくから」

「馬鹿も休み休み言え。あの山には凶悪な魔物が多くいる。おまえなんてすぐに死んでしまう」

「山に行くだけじゃない。最近、村の近くで盗賊っぽいやつらを見かけたの。家族を守るためにも」

「そういう話は、この地方を治めている領主様に言うんだな」

「……わかった。それなら、タダでとは言わないわよ」

「ほう、物々交換でもするか？」

「うん。一晩でどう？」

　俺もそうだけど、ミカロもロリーの言ってる意味が最初わからなかったようだ。彼女が胸のボタンを一つ外し、セクシーアピール的なことをし始めたところで、ようやく理解する。

「馬鹿者、私を見くびるな！　私がそのような男に見えるのか！」

　俺はこのミカロというヒゲおっさんを見直した。

　ロリコンの多い俺の国だったら誘いに乗る男はめちゃくちゃ多そうなのに、ミカロは見事跳ね返した。単純にロリコンじゃなかったって話かもしれないが。

　女のプライドをズタズタにされたロリーは、顔を真っ赤にして悪態《あくたい》をつく。

「だったらもういいわよこのカタブツ！　そのヒゲぜんぜん似合ってないんだから！　あんたぜったい地獄に堕《お》ちるわよ！」

　昔流行《はや》った占い師みたいな呪いの言葉を吐くと、ロリーはぷんすかと怒って庭を出ていった。

　ミカロはため息をついて、俺に向き直る。

「いやはや、お見苦しいところをお見せした」

「いえいえ、あの年頃の子はいろいろと不安定ですから。ご心労お察しします。では、私もこれで」

「邪竜さん、またいつでも訪ねてくれ。ぜひ、絶品の紅茶をごちそうさせてほしい」

「楽しみにしています」

こうやって社交辞令を口にしてると、あの頃の自分に戻ったみたいで死ぬほど鬱《うつ》になってくるわ。せっかく竜に生まれ変わったのに、なにやってんの俺。

暗い気持ちでミカロ家の外壁を飛び越え、そのまま大空へ高く上がっていく。マイハートイズフリー、ライクザウインド。

「まってーー、まちなさいよーーー」

ワッツ？

下方より声がすると思ったら、さっきのガキが大地を走って追いかけてくるじゃねえか。

あいつ名前なんていうんだっけ。ロリコン……じゃなくてロリーだった。別に無視して帰ることもできたけど、ちょっと興味もあったのでロリーのところへ。

「俺になんか用？」

大体予想はできるのだが一応訊《き》いておく。ロリーは呼吸が整うのも待たずにストレートに頼み事をしてきた。

「あんた、すごく話のわかる竜みたいだし、あたしのこと助けてよ」

「悪りぃ」

「ええっ⁉　断るの早っ！　それに言葉づかいすっごい悪くなってない⁉」

「まあ、さっきのはキャラ作ってたからな。この果物をもらうために頑張《がんば》ったのよ」

そう言って俺が果物の入った袋を見せてやると、ロリーは心底不思議だとばかりに眉を寄せた。

「なんで？　奪《うば》えばいいじゃん。強いんでしょあんた」

「ガキの頃、人の家の柿《かき》を勝手に食《く》って腹こわしたことがあるんだよ」

罰が当たったんだと母親は俺を叱《しか》ったもんだ。だから俺は盗んだりとか奪ったりとかしないわけ。

懐《なつ》かしい。あの柿マズかったな……。

遠い過去を振り返っていると、突然ロリーが俺の脚に触れ、懇願《こんがん》してくる。

「ねえお願いよ。あたしのこと助けて」

「病気治す薬草だっけ」

「山で守ってくれるだけでいいから。お礼は……あんまり大したことはできないけど、何でも言うこと聞くから」

尻すぼみに声が小さくなっていくあたり、理解しているようだ。竜の俺には色仕掛《いろじか》けが通じないことを。

俺がまだ人間で、ロリーがもっと大人だったらバリバリ有効だっただろう。

とはいえ、ここで見捨てるのも可哀想《かわいそう》ではあるか。

「一期一会《いちごいちえ》って言葉もあるしな。俺の背中に乗れ、その山まで行ってやる」

「ありがとう～！　あんたのこと、大好きになりそう！」

嬉しさいっぱいに抱《だ》きついてきて、俺の脚にチュッとキスをするロリー。

それから俺は運び屋になったわけだけど、ロリーはずっと背中でハシャいでてうるさかった。女子のテンションにはなかなかついていけねえわ。

山はそう遠くないところにあった。頂上付近に薬草が生えているというので、そのあたりに着地して探し回った。魔物が多いという話だったが、最初に遭遇したのはゴリラ。目が合うなり、手のひらで自分の胸を叩き威嚇《いかく》してきた。ドラミングというやつだ。

凶暴なイメージがあるゴリラだけど、実は温厚《おんこう》で争《あらそ》いを好まない性質なのだと聞いたことがある。このドラミングも相手が逃げ出すことを期待しての行動だとか。

「ウホ……」

俺が微動《びどう》だにせず立っていると、ゴリラは焦《あせ》り出したのかウロウロと右に行ったり左に行ったり。

「ガァァアアアア！」

試《ため》しに咆哮《ほうこう》してみたら、ゴリラはもの凄《すご》いスピードで走り去っていった。無用な争いは避けるに限るもんな。

「すっごい迫力。ゴリラも逃げ出す咆哮竜、って二つ名付けてあげる」

「ガァァアアアアア！」

「なんでっ⁉」

腰を抜かすロリー。そんな二つ名は不要だと理解してくれれば何よりだ。

それから十分ほどで目的の薬草を発見することができた。傾斜《けいしゃ》のキツい斜面《しゃめん》にそれはたくさん生えていた。魔物が多いので手付かずな状態だったのだろう。嬉々《きき》として収穫するロリーを俺は下から見守る。

「やった、これだけあればお父さんも元気になるわ！」

父親の病気は、薬草さえあれば完治する類《たぐい》のものらしい。薬草は町で買うこともできるようだが、値が張るので金持ちのミカロに協力を求めていたと。

「ねえ、咆哮竜、薬草も採ったし早く村に――ってなにその死体の数はーっ⁉」

ロリーが驚くのも無理はない。待機していた俺の周囲には魔物の死骸《しがい》が散らばっていたからだ。サイレントに瞬殺《しゅんさつ》していたので気づかなかったのだろう。

ロリーはズザザザザと山の斜面を下り、巨大な猪《いのしし》のところへ近寄る。

「これキングボアなんですけど⁉　この山のヌシって言われてるんですけど！」

「あ、そう。別にデカいだけって感じだったけど」

「あんびりーばぼー……もしかして、あんたってめちゃくちゃヤバい竜？」

そういや、ミカロは俺が邪竜だと伝えていなかったな。でも、今さら教えて怖がらせることもないか。

「ただのお人好《ひとよ》しの竜さ」

「人じゃないのにお人好しね……」

「竜も奥が深いのよ。ほら、とっとと村行くぞ」

「りょうかいよ～」

上機嫌になったロリーを乗せて村へ向かう。

うーん、このパシリ感。俺の二つ名は、「パシリ竜」で決定しそうなんだけど。

◇◆◇

「お父さん、今行くわよ！」

無事ロリーの村へたどり着いたわけだが、ロリーのやつ俺を置いて一人で中へ入っていきやがった。

しょうがないので後を追う。見た感じ、ここはあまり特色のないありふれた農村だ。人口は二百人いるかどうかってところだろう。

あーいたいた……ってなにか事件でも起きたのか？　多くの村人が一か所に集まっているので、遠くから聞き耳を立てる。

「お父さん、みんな、やったわよ！　薬草をいっぱい持ってきたんだから！」

そう言うとロリーは、青白い顔をした男に薬草がたっぷり入った袋を手渡した。顔立ちが微妙《びみょう》に似てるし、あれが父親なんだろう。

「すごいぞゴホゴホッ、でもどうやっゲホゲホゲホ」

咳《せき》が辛《つら》そうだ。そして唾《つば》の飛散《ひさん》はもっとヤバい。ロリーの顔にベチャベチャかかっている。

「っていうか何があったのよ？　みんなして集まって」

「ゲホッ。そうだ、そんな場合じゃないんだ。ついさっき、村が盗賊に襲われたんだ。宿に泊まっていた冒険者パーティの方々が追い返してくれたんだが、何人かの村人が連れ去られてしまって、母さんもゴホゴホッ」

「そんなぁ……」

せっかく父親を救えると喜んでたら今度は母親。そりゃ絶望的な表情にもなるよな。でもそこまで状況は悪いわけでもないようだ。その村を救った冒険者パーティが、さらわれた村人を救出するべく追跡《ついせき》しているらしい。

ふっ、俺の出番はなさそうだぜ、と余裕ぶってたら、ロリーが全力ダッシュでこっちに来ましたとさ。おかげで村のやつらも俺に気づいて恐慌《きょうこう》するというね。

「ゲハァッ、何をしてるんだロリーゲハァ！　い、今すぐ、もどってくるんゴハァッ！」

今にも天国へ旅立ちそうな父親を落ち着かせようとロリーが大胆《だいたん》な行動に出る。俺のすね辺りを靴《くつ》のつま先でガンガン蹴ったのだ。

「安心してよみんな！　この竜は、実は、あたしの子分なんだからっ。証拠に蹴っても怒らないでしょ？」

「あのさ、俺にもプライドっていう……」

小声で抗議する俺。

「シッ。お願いっ。みんなを落ち着かせるためにも協力してよ」

必死さが伝わってきたので、ここは演技につき合ってやることにしよう。

「オレ、ロリーサマニ、ツカエル、ドラゴン」

「おおおおおおおおおおっ⁉」

ずいぶん盛り上がってるな、村人たちよ。

ロリーは、ここぞとばかりにドヤ顔を決める。

「そういうわけだから、お母さんを助けてくるわ。みんなは待ってて。さ、行くわよ」

「イッテクル、ミンナ、オウエン、ヨロシク、ネ」

どこぞのアイドルよろしく言ってみたら、至極真面目《しごくまじめ》に応援されちゃって反応に困った。

声援に後押《あとお》しされてロリーと村を出るのだった。

というか、いつの間に俺も協力することに決定したんだよ。この流されて生きてる感じ、久しぶりかも。

翼で強く風を切り、盗賊たちが逃げていったという方角へ飛んでいく。しばらくすると平地に倒れている二頭の馬と四人の男女を発見したので着陸する。

馬は二頭とも脚に矢が深く刺さっていた。格好は盗賊って感じではないので、盗賊を追いかけていた冒険者のほうだろう。

お約束のように驚かれつつも、ロリーが上手《うま》く説明して話を進める。

「馬をやられてしまって、追跡できなくなった。だが、まだそう遠くにはいっていないはずだ」

渋《しぶ》い顔立ちのリーダーが悔《くや》しそうに話す。こいつらって無償《むしょう》で動いているんだろうか。それとも後で村人から金取ったりするのかね。まあ、今はどうでもいいか。

「ありがとう、あとはあたしたちに任せて」

「ガンバル、オレ、メチャンコ」

「が、がが、頑張って、ください……」

あい、頑張ります。だからそんなに引かないで。

冗談はさておき、冒険者と別れ、さらに空を突っ走ること十分、隊列を縦に展開させながら道を行く集団を見つけた。敵の頭数は十ちょっとってところだ。

武器を持たない村人っぽい女も何人か馬に乗せられている。

「お母さんだわ！　あれが盗賊で間違いないわよ。遠慮《えんりょ》せず、ガンガンやっちゃって」

「ガンガンはまずいだろ。派手にやったら捕まってる村人まで死んじまうし」

「あ〜じゃあどうしたらいいの⁉　あたし頭悪いからわかんないの一っ」

「俺も人に誇《ほこ》れる頭脳じゃねえけど、まあ任《まか》せろ」

低空飛行に切り替え、後ろから村人と盗賊の乗る馬に近づくと、馬を思い切り睨《にら》んで威圧する。

「オウ、トマレ」

一瞬で恐怖に包まれた馬はヒヒーーーンといななき、前足を高く上げて急停止した。

「うわっ」

「きゃぁあ⁉」

背中に乗っていた二人はバランスを崩して下へ落ちたので、女のほうだけ体に尻尾を巻き付けて回収、俺の背中へ移動させる。

「お母さん、もう大丈夫よ！」

「ロリーッ」

竜の背中の上で感動の再会を果たしたやつなんて、後にも先にもこの二人だけなんじゃねえの。ともあれ、同じ要領で残り二名の村人を救出することに成功した。俺の背中では定員ギリギリだったので、とりあえず下に降ろす。

「お頭《かしら》！」

転倒させたやつの中に盗賊の頭がいたようだ。見捨てるわけにはいかないのか無事だったやつらも全員馬から降りた。頭が戸惑《とまど》いつつも武器を構《かま》えると、手下たちも同じようにする。

「クソがっ。何がどうなってやがる」

なぜこいつらが逃げないのかといえば、馬がビビりあがってしまい使い物にならないからだろう。盗賊たちは武装はしているものの人数が十人くらいしかいない。戦っても問題ないけど、一応警告しておく。

「ムダナテイコウハ、ヤメロ。オトナシク、オナワニ、ツケ」

一度言ってみたかったんだよ、これ。縄とかないけど。

「くっ、どうしますお頭」

「……そんなの、決まってるだろ。ここで捕まったら全員死罪だ。相手が竜だろうと、やるしかねえんだよ！」

どうやら覚悟は決まっているっぽいな。ロリーたちを後ろに下がらせ、俺は盗賊たちの正面に仁王《におう》立《だ》ちする。

「イツデモ、カカッテ、コイヤ」

盗賊たちは目配《めくば》せをして攻める機をうかがっている。

怒号《どごう》をあげながらボスが走り出すと、手下たちも倣《なら》ってそれに続く。そして、わらわらと俺に群《むら》がり、各々渾身《こんしん》の力でもって剣で斬りつけたり槍で突いたり槌《つち》で叩いてきたり。

カキンカキンカキン――ミシミシミシポキッ。

「なっ――⁉　ぶ、武器がぁ……」

盗賊のみなさんが予想外の事態に目を白黒させる。

俺は抵抗せず攻撃を全部受けてあげたんだけど、刃が通らないどころか武器が壊れたのだ。なまくら刀では、竜の鱗《うろこ》一枚傷つけることができない。

「ツギハ、オレノ、バンダ」

ゴッゴッゴッゴッゴッゴッゴッゴッゴッ。

頭蓋骨《ずがいこつ》がダメージを受ける音が次々に鳴る。尻尾で盗賊どもの頭部をひっぱたいていったわけ。普通にやると頭部が破裂《はれつ》するので、気絶する程度に力をセーブしておいた。

俺はロリーたちに向き直ると、親指を立ててかっこつける。

「コノセカイノ、ヘイワ、オレガ、マモル」

さすがに悪ノリが過ぎるわなと感じたのだが、ロリーが大胆に抱きついてきたので効果的だったようだ。テンション上がってるときって、アホなこと言われても受け入れちゃうよな。

「本気で惚《ほ》れそう……」

「オレニホレルト、ヤケドスル」

そんなコントをやりつつ俺たちは村へ戻ることに。途中、冒険者たちに寝ている盗賊を捕まえるよう頼んでからロリーの父親のところへ向かう。

母親とロリーを見つけるなり、父親は自分が病気であることも忘れて全力疾走《しっそう》してきた。

そして二人を熱く抱きしめ、ゲホゲホゲホと。だから、あんま無理すんなっての。

騒動が一件落着したので、俺は静かに村の外へ。もうじき日も落ちるだろう。リンゴを取りにきただけなのに随分《ずいぶん》と回り道をしちまった。さっさと帰ろうと、翼を広げ――。

「まってよーっ。まだ行かないで！」

髪を振り乱しながら追いかけてきたのはロリー。

「どうした、まだなにか用があるわけ？」

「用っていうか、お礼くらい言わせてよ。協力してくれたら何でも言うこと聞くって言ったでしょ」

ああ、確かに言ってた。ロリーにどんなことをしてもらうか少し考える。

「ロリーって今何歳？」

「十六よ」

「やっぱまだ若いな。じゃああと四年、アレを禁止してくれ」

「アレ？」

「男相手に、一晩でどう？　って交渉するやつ。せめて二十くらいまでは我慢しろ。そっから先はもう大人だから、自分の判断でしたいようにすりゃいい」

「……普段はあんなこと言わないのよ。あれは」

「まあそうだとしても、とにかく守れ」

世の中、ロリーみたいな少女に興味を示す男は予想以上に多い。下手《へた》すると殺人鬼みたいなのがいるから気を抜けない。日本でもたまにそういう報道があって、その度《たび》に不快になった。何の面識もないやつが死んでもあんな嫌な気分になるのに、被害者が知り合いだったら怒り狂う自信がある。俺が怒り狂ったら町の一つや二つ軽く潰れる。それはまずい。

俺の気持ちは伝わったようで、ロリーは絶対に約束を守ると誓《ちか》ってくれた。

「じゃあ帰るわ。また機会があったら」

「本当に感謝してるから。竜のおかげで、お父さんもお母さんもあたしも救われたわ。ぜったいぜったい、また遊びにきてよね！」

「おう」

こうして俺とロリーとの冒険劇は終わりを告げる。俺たちの間には、ちょっぴり友情が芽生《めば》えていたのかもしれない。帰り道、一抹《いちまつ》の寂寥感《せきりょうかん》があったことは内緒だ。

◇　◆　◇

森の最奥《さいおう》に帰還《きかん》したとき、辺りはすっかり暗くなっていた。

もっと早く帰ってこられれば良かったんだけど、旅に寄り道はつきものってやつか。

首を長くして待っていたのだろう。スラパチ、スラミ、スライレは俺を見つけるなり狂喜《きょうき》してぴょんぴょん跳ねて近づいてきた。見たところ他のスライムたちはいないので、黄金のリンゴの件はみんなには黙っていたんだな。まあ、取り分減ってしまうから仕方ないのか。

「おやびん、おうごんのリンゴはありましたか!?」

「ああ、取ってきたぞ」

「うわーっ、嬉しいです！」

「さっすがだわ、おやびん！」

「は、はやく……それ、たべたい……」

もう待てんがなっ、といった様子なので、俺は黄金のリンゴをスラパチたちに与えた。

「すご、い、ですね。ほんとうに、ふつうのリンゴとちがいますよっ」

「まぁ、そのリンゴ食ってみたらいいんじゃねえの」

騙すようで微妙に罪悪感がある。しかしスラパチたちはなんの疑問も抱かず、ソレを食し、初めての食感に感動を覚えているようだった。

真実を伝えるか迷ったが、喜びに水を差すのは気が引けたので黙っておくことに。

「普通のリンゴよりずっと瑞々《みずみず》しいわ。これ、信じられないくらいオイシイ」

「感動……した。おやびん……ありがとう……」

スライムたちはすっかり黄金のリンゴに夢中なようだった。そんだけ喜んでくれると俺も苦労した甲斐《かい》があるってものだ。今日はやたらキャラ作りを強《し》いられた一日で、けっこう疲れた。

しかし……黄金のリンゴねえ。物は捉《とら》え方次第だと苦笑していると、スラパチが俺にも黄金のリンゴを勧《すす》めてくる。

「いや、俺はいいわ。何回も食ったことあるし」

「そうなんですか？　なんかいも、たべたことあるんですか」

スラパチは、羨《うらや》ましそうな表情を浮かべた。

……そりゃ食ったことくらいあるさ。

だってそれ、リンゴじゃなくて梨《なし》なんだからよ！

4　三馬鹿がやってきたんだが

ゴキュ、ゴキュリ、ゴキュン。

ぷはー、うめー！

ん、何してるかって？

いや、普通に水辺で水飲んでたな。

さっき空のパトロールしてきたから、ちょっと喉渇《のどかわ》いちまった。

この体になって良かったことの一つは、やっぱり大空を自由に駆《か》けられることだ。

冗談抜きで気分は最高になる。空飛んでるといろんな発見とかもあるし。

今日なんて、岩場の陰《かげ》でなにかモゾモゾやってる人間たちがいてよ、何してんのかなーってコッソリ降りてみたら、服そこら辺に脱ぎ散らかして交尾とかしてやんの。

アオカンってやつ？

マジびっくりして、後ろからずっと覗《のぞ》かせてもらったわ。行為が終わるまで二人とも俺に気づかなくて、やっと気づいてくれたから挨拶《あいさつ》したのよ。

「あ、どうもこんちは」って。

そしたら、あいつら――。

「ぎゃあああああああああ‼」

とか叫んで逃げてっちまった。ケツ丸出しのまま。しょうがねえから服くわえて追いかけたわけ。

「あのー、服落としたけどー？」

「うわああああああああ！」

「いやいや、さすがにそれじゃ恥《は》ずかしいっしょ？」

「いやああああああああ！」

「別に食ったり……」

「殺さないでえええええ！」

まあ、こういう熱いやりとりがあったのよ。しょうがねえから服とか放置してきたわ。

んで、今は水辺で水を飲んでいると。

「おやびん、おやびん」

スラパチたちスライムが五、六匹、俺に近寄ってきた。

「ん〜、どうしたー？」

「おいらたちとサンポいってください」

「しょうがねえな〜。空行くか？」

「いいんですか!?」

「特別だからなー」

こいつらはマジで可愛い。俺の心の癒《いや》しだ。人間や他の生物に危害は加えないし、とても温厚だ。

ただ、こういう弱者は往々《おうおう》にして他の生物からは狙《ねら》われやすい。魔物とか獰猛《どうもう》な猛獣とか、あと人間とか。戦闘の練習のために、初心者の冒険者なんかはよくスライム狩《が》りをしたりする。

だから俺は、冒険者には絶対に近づくなとスライムたちに言ってある。

ちなみに、他の魔物とかは全部俺がこの森から追い出した。おかげでスライムは順調に繁殖《はんしょく》して今じゃ五十匹を超《こ》える大所帯《おおじょたい》だ。

ともあれ、スラパチたちを背中に乗せ、俺が飛び立とうとしたとき――。

「おやびん！　みんなー！」

一匹のスライムが小ジャンプするように近寄ってくる。

「どった？」

「たた、たいへんです！　みんなが、みんながっ」

すげー嫌な予感がした。

「落ち着け。人間が来たのか⁉」

「ちがいます、マモノが、三ヒキもやってきて、みんなを……」

「案内しろ！」

俺はスライムに案内され、森を一気に突っきる。数分もすると、目にしたくない光景が広がっていた。

およそ数十のスライムの死体が辺りに転がっていたのだ。真《ま》っ二《ぷた》つになっていたり、踏み潰されて原型がわからなくなっていたり。

やったのは、その側にいるゲスい笑みを浮かべる三体の魔物で違いねえ。

「おやおや、本当にいたよ。邪竜が」

上半身は人間っぽく、下は蛇《へび》の女が言う。

「ふむ、思っていたより小さいな」

こいつは頭がヤギ、上半身は人間で下が馬だ。

「クックック、わざわざ僕らが出向いてきたのだから、頭を下《さ》げたらどうだい？」

こっちは金髪の男っぽいが、白目の部分が真っ赤で頭から角が生えている。

心当たりのさっぱりねえ顔ぶれに俺は声をとがらせた。

「てめえら、何したかわかってんだろうな？」

「おやおや、その態度。あたしたちが魔王様の配下、魔三将《まさんしょう》だと知らないのかい？」

「あ？　んなもん知るかクソが。絶対に許さねえ」

「落ち着くのだ。我らは何も貴公と争いにきたのではない」

「なら、何でスライムたちを殺しやがった？」

「スライム？　もしかして君、スライムを殺されたから怒っているのかい？」

そう言う金髪野郎を俺はにらみつけた。すると、魔三将とやらは顔を見合わせ、プッと噴き出した。

「こんなやつが、邪竜と呼ばれて人々から恐れられていたとはねー！　スライムたちを従えてお山の大将気取りか！」

「ねえ、提案なんだけどさ、こいつこの場で殺したらどうかしら？」

「しかし、魔王様はこやつを連れてこいと……」

「だからさ、逆《さか》らったから殺したって言えばいいじゃない。あたしたちに瞬殺される程度の強さだって知ったら魔王様だって興味なくなるわよ」

「僕は賛成だね」

「ふむ……実力も気になるところではあるしな……」

三匹の魔物から殺気が漏れ出した。だから、俺は問いかけるように言った。

「殺しにくるってことは、殺されても文句はねえってことだよな」

「はっ、クソ竜の分際《ぶんざい》で」

まあ、やつらにその気がなかったとしても、俺はこいつらを許すことはなかっただろう。

俺はスライムたちに物陰《ものかげ》へ隠れるように指示した。

◇◆◇

「う、う、ぱぱ、まま、みんなぁ……」

生き残っていたスライムたちが涙を流す中、俺は呆然《ぼうぜん》と立ち尽くしていた。

森に入ったやつらの気配を察知することなんて容易だったはずだ。怠《なま》け者の俺は、それをおこたっていた。だからみんな……やられちまった。

「すまねえ。俺の責任だ」

「うっ、おや、びんは、なにも、わるくないです。おやびんは、わるくない、です」

やり場のない感情を怒りでごまかすように、俺は穴だらけになった魔三将に話しかける。

「おい今すぐ魔王のもとに案内しやがれ」

すでに二体は事切れている。金髪で角の生えたやつだけは、敢《あ》えて生かしてある。

「あ、あんない、します。だから、だから」

「行くぞ、オラ」

俺は金髪の首根っこをつかむと、翼をはばたかせる。

「俺が戻ってくるまで待ってろ」

スライムにそう命令し、俺はくそったれの魔王とやらの城へ向かった。

◇◆◇

時速百キロを超える速度で二時間ほど飛行すると、魔王城が見えてきた。

ご丁寧《ていねい》に門兵みたいなやつらがいたが、空を飛べる俺には関係がねえ。

魔王の鎮座《ちんざ》する広間へ飛んだまま侵入する。

仰々《ぎょうぎょう》しい玉座《ぎょくざ》に、髭《ひげ》を生やした初老の男がいた。

他に生物はいない。見た目だけなら完全に人間のこいつが魔王なのだろう。俺は手で持っていた金髪を魔王の前に放り出す。

「てめえがクソったれの魔王か。覚悟はできてんだろうな？」

俺が目を細めると、魔王は無感情な瞳をゆっくりと金髪男に移す。説明しろと訴えているようだった。

金髪男がか細い声で告げる。

「ま、魔王様、やつが、やつがいきなり襲ってきて」

「他の二人はやられたのか？」

「はい。やつは化け物です、今すぐお逃げく――え？」

ズリッ、と金髪の顔の上半分が滑《すべ》り落ちた。魔王がどこからか出した剣で斬り捨てたのだ。

「弱き者はいらん。我が望むのは強者のみ」

なんかカッコつけてやがったので俺が鼻で笑ってやったら、魔王は鋭い眼光をこっちに向けてきた。

「非礼《ひれい》は詫《わ》びよう。恐らく、こやつらから手を出したのだろう？」

「なんでわかる？」

「相当に怒っているようだからだ。わざわざ遠く離れたここを訪ねるということは、使者を返り討ちにしただけでは感情が収まらぬから。違うか？」

こいつは、あの三バカよりは話がわかるタイプらしいな。論理的だし落ち着きがある。だからといって俺が許す道理もねえが。

「その通りだ。そいつらは俺の大事な仲間を無惨《むざん》に殺しやがった」

「その仲間っていうのは、まさか邪竜か？　他にもいたとは……」

「いや邪竜じゃねえから。スライムだから」

「……？　スライムが……仲間……だと？」

「なんか文句あっかオラ」

魔王は俺の頭から尻尾の先まで眺めた後、フッと心底バカにしたように笑った。

前言撤回《ぜんげんてっかい》。

こいつ、紛《まぎ》れもなく三バカの上司だ。態度から何から全ておんなじじゃねえか。

「いやはや片腹痛いわ。数年前、邪竜があの森に棲み着いたと聞いたときは少々焦《あせ》ったものだが……まさかこのようなやつだったとはな」

「あっそ。んで、やんのかやんねえのか、ハッキリしろや」

「フン、魔三将ごときを倒したくらいでいい気になるなよ」

魔王は並々ならぬ闘気を全身に纏《まと》わせながら、上段に直剣を構えた。前世では剣道なんてもんとは縁遠《えんどお》かった俺だが、こっちで本物の剣士を何人も目にしてきた。やつが相当な使い手ってことだけは感じ取れた。

「二十パーってところか……いや、十パーで十分か」

「何をつぶやいておる」

「いや、てめえをぶっ倒すのに必要なエネルギーの話よ」

「この我を、一割程度の力で葬《ほうむ》れると?」

「んなとこだ。とっととかかってこい、雑魚《ざこ》」

「キエエエエエエッ!」

耳をつんざくような奇声をあげて魔王が斬りかかってきた。さすがに多くの魔物を束《たば》ねてるやつの剣速だ。人間レベルなら目で追うことすら不可能かもしれない。

ま、動体視力のズバ抜けた俺(竜)にとってはクソ遅いが。ただ一応、受けないで避けておく。

俺の皮膚は鋼鉄並み、またはそれ以上に頑丈《がんじょう》だが、剣に何か特殊な仕掛けがしてある可能性もある。竜封じ関係だったら、少しはダメージが入るかもしれないしな。

「おのれ、ちょこざいな!」

袈裟《けさ》斬《ぎ》りに滑らせてきた刃に、カウンターで俺の爪を合わせる。力と力のぶつかり合いで勝ったのは俺のほう。剣身が根本から折れた。

「なん……だと……魔剣が……」

「もうちっと、まともな剣買えアホ」

ドスッと俺の尻尾が魔王の心窩《しんか》に突き刺さる。

俺の尻尾の先端は槍先を彷彿《ほうふつ》させる鋭利さなのだ。形を変化させたりもできるし便利なもんだ。

魔王の口横からコポッと鮮血《せんけつ》がこぼれ落ちた。反撃してくることもなく魔王は膝《ひざ》から崩落し、そのまま動かなくなる。

あっけねえ。

俺がくるりと踵《きびす》を返し、魔王に背を見せて数歩進んだところで――。

「クク、クケケケケ」

不気味な笑い声が聞こえてきた。ああ、わかってたよ。そんくれーで死なねえことは。

振り向くと、頭から角生やして目を真っ赤にした魔王が立っていた。

「あの金髪と同じタイプのやつか」

「クケケ、やつは我の息子だからなああ！　だがあんなゴミくずと一緒にするでない！」

自分のガキぶっ殺して、挙《あ》げ句の果てにゴミくず呼ばわりかよ。

つくづく――救えねえ。

「見せてやろう、我が神髄《しんずい》を。――――死ねえええ！」

魔王は空気をめいっぱい体内に取り込むと、それを炎に変換して口から吐き出した。赤の猛火《もうか》が俺の全身を余すことなく包みきった。

あーあ……。

「クケケケケ！　焼かれろ焦《こ》がれろ灰燼《かいじん》と帰《き》せえええい！」

ようやく炎が鎮《しず》まったとき、魔王の裂けきった口元がそのまま固まって動かなくなった。

あーあ、マジでぬるかったわ。焦げ目一つついてねえじゃねえか。

こんなチワワみたいなやつが魔王やってるとか、俺が手下だったら恥ずかしくて自害してっかもな。

「あのな、ブレスってのはよ、こうやって吐くんだよ」

俺が手本を見せてやる。

口を開き炎を吐くと、視界一面が熱に染まった。堅牢《けんろう》な城の壁は瞬《またた》く間に溶解《ようかい》し、壁のほとんどが溶《と》けてなくなった。

魔王？　焦げカスになってたわ。

一割の力に抑《おさ》えたブレスだったんだけど、こいつにとってはウェルダン（焼きすぎ）だったようだ。

「魔王様ーーー！」

騒ぎを聞いて駆けつけてきたのか、魔物どもが続々と階段を上ってやってくる。そして焦げカスになった魔王を見て、どうにか状況を呑《の》み込んだようだ。

「あのよ、魔王は俺がやったから。弔《とむら》い合戦やる？」

「…………」

「オラオラ、やんのかやんねーのか、どっちよ」

「や、やりません……」

うん、やっぱ人望なかったな魔王のやつ。すでに逃げ出してるやつとかいるし。むしろ、それがほとんどだし。もう一人しか残ってねえし。

「んじゃよ、こいつの貯《た》めた宝とかそういうの、一応もらっとこうかと思うんだけど」

「案内します！」

この城、だいぶチョロイやつしか集まっていないらしい。

こんなんでいいのかよと俺は嘆息《たんそく》した。

5　アホな上司持つと苦労するよなぁ

宝物庫は城の地下にあった。

かなり広い場所だってのに、ほとんど足の踏み場がねえ。

金銀の光りモノから、高そうな剣から、ヤバそうな薬まで何でもあるな。

「あいつ雑魚のくせに相当貯め込んでやがんな」

俺のつぶやきに、案内してた手下Aが答える。

「魔王様はアイテム収集が趣味だったんです」

「そっか。とりあえずよ、俺座っから肩でも揉《も》めよ」

「は、はい」

俺は適当な場所にあぐらをかくと、手下Aに肩を揉ませる。最近肩がこってしゃあねえ。頭重いのかな竜って？

それはともかく、世間話でもおっぱじめることにした。

「あのよ、俺ってば前世でサラリーマンとかやってたの」

「サラ、さら……」

「んでよ、毎日毎日使いたくもねえ敬語とか使ってよ、頭へコへコ下げてよ、夏とかクソ暑い中歩き回ってよ、シャツとか汗でびしょびしょになんの。コンクリートジャングル最悪だわ」

「コンクリットジャンゴォ……？」

「とにかくさ、もう敬語とか嫌で嫌で使いたくなかった。人間って平等だよな？　何ですいませんとすみませんの違いで怒られなきゃなんねーの？　いやまあ、だからっつって、コンビニの店員がタメ語だったら、さすがに嫌だけど」

「コン、ビニィ……？」

「ま、もういいわ。過去の話とか聞かされても困るわな」

「は……ぃ」

「え、困んの？」

「ここ、困りません！　いくらでも聞かせてください！」

「いや面倒くせえからいいや。むしろ俺がグチ聞いてやるわ。あの魔王とかよ、マジ最悪だったろ？」

手下Aは目を逸《そ》らして黙りこくった。正直、グチを言いたくてしょうがないように俺には見える。

「いいっていいって、言ってみろよ」

「あの…………マジでクソでした。あいつ、めちゃ選民意識の塊《かたまり》だったんですよ。種族差別とか激しいし、弱い部下には自分のクソした後のケツとか拭《ふ》かせるんです」

「うわぁ、同情するわ。俺も昔は上司には恵まれなくてなぁ。やたら怒鳴るわ、人の手柄躊躇《ちゅうちょ》なく奪っていくわ、息臭ぇわ。人間のダメなところを詰《つ》め合わせたようなやつだった」

「そうだったんですか……」

「辛れぇよなぁ」

「はい。ほんと、死んでくれて良かったたっていうか」

「俺も大事なスライム殺《や》られてっからよ。絶対許せねえわけ。こんな態度とってっけど……むしろこうでもしねえと、泣いちまいそうでよ」

つーか俺、実はちょっと泣いてるじゃねえか、クソ。邪竜の目に涙とか似合わなすぎんだろ。

手下Aは、なんか俺に熱い眼差《まなざ》しを注ぎまくった後、なぜか敬礼した。

「邪竜さん、おれマジ感謝してます！　魔王倒してくれてありがとうございぃっっしたっ！」

いやビックリして腰抜けると思ったわ。声デカすぎ、体育会系かよ。どんだけ感謝してんだよ。そしてあの魔王の嫌われっぷりにちょっと同情しちまったじゃねえか。

「まあ気にすんな。むしろおまえもよくあんなやつの下で耐えたな」

「はい……実は故郷の母親が病気で……あんな魔王でしたけど給料はいいので」

うわ、給料制だったとは。世の中結局金か。なんつーか日本と変わらなくて、涙が溢《あふ》れそうなんだが。

しかし母親のために頑張るなんて泣かせる。親子の絆《きずな》は魔物にもあるみたいで少し安心した。

「おまえ、名前なんつーの？」

「ペリットです」

「んじゃペリット。ここにある宝で、特に貴重品だと思うやつ何個か持ってきてくれ」

「はい！」

ペリットが俺の前に置いたのは三つ。剣と黒い麻袋とあめ玉（?）のようなもの。

「剣は聖剣と呼ばれるやつでして、人間の城に攻め込んで奪ったものです。黒い麻袋は、見た目から想像できないくらい物が大量に収納できるんです。何でも亜空間とつながってるとか何とか」

「ふぅん。なんかありがちだな。で、このあめ玉は？」

「これはですね、豚顔族《オーク》の村を襲ったときに手に入れたものでして。村長がやたら大切にしていたんです。ただ何に使うか聞き出す前に、魔王のバカ息子がオークたちを皆殺しにしちゃいまして」

「わかった。んじゃこの三つもらっていくことにするわ」

俺は、よっこらしょのかけ声と一緒に立ち上がる。ペリットがキョトンとした顔で俺を見上げた。

「え、あの、他のお宝はいいんですか？　その麻袋を使えば、ほとんど収められるかと」

「いいや、いらねえ。おまえに全部やるわ」

「……はい？」

「だから余ったのは、全部おめーにやるって言ってんの」

前世だったら金銀に飛びついていたかもしれないが、今の俺は邪竜。金なんてあったって何の意味もないからな。

近くに落ちていた小瓶を手に取ると、俺はペリットに剣を渡して言う。

「その剣で俺のしっぽ斬りつけろ」

「そ、そんなことできません」

「いいからやれっつうの。大丈夫、俺は見た目以上に硬《かた》い。本気でやれよ」

俺が凄《すご》むと、ペリットは動揺しながらも思い切り俺のしっぽに剣を振り下ろした。

……ぐぅ……。なるほど、確かにすげえ剣かもしれねえな。わずかだけど切り傷を俺の体に残すなんて。

痛みで目尻に涙がにじむ。そのタイミングで、無惨《むざん》にも殺されてしまったスライムたちの姿を思い浮かべた。

すると、涙がポタポタと何滴も小瓶の中にこぼれ落ちた。ある程度溜《た》まったのでフタをしてペリットに渡す。

「それ、母ちゃんに飲ませてやれ。きっと良いことが起こっからよ」

「邪竜さん……」

「んじゃな。俺はもう行くから」

俺が宝物庫から出ようとすると、ペリットは声を張り上げた。

「待ってください！　邪竜さん、名前を、名前を教えてください！」

そう言われると困るね。俺に名前なんてなかったからだ。車にひかれたショックのせいか前世の名は忘れたし、こっちでは邪竜とかおやびんと呼ばれていた。

今、作ってしまえばいいか。キングオブドラゴンとかどうだろう。

……中二くさすぎるだろ。俺の精神年齢が低いのは否《いな》めないけどよ。

なら、短くするのはどうだ。創作物なんかでも長いタイトルなんか略《りゃく》しちまうしな。

邪竜を短くすると……りゅう？　じゃりゅ？　あ〜〜すさまじく面倒になってきたわ。

「俺はじゃ……邪」

「ジャーさんですね！」

「いや漢字……うん、もういいやそれで」

「ジャーさん、いつか必ずうちの故郷に寄ってくださいね！　お待ちしてますから！」

そして、晴れやかな笑顔に見送られて、俺は魔王城を後にしたというわけだ。

魔王も消したし、これでやられたスライムたちもちっとは浮かばれるだろう。

しばらく空を飛んでいたとき、ふと思った。

ジャーって炊飯器かよ。

そんでもう一つ思った。

おいペリット、おまえの故郷どこだよ？

◇◆◇

……俺は悩んでいた。

森での生活は俺にとって天国だった。

毎日自由気ままに起きて寝て、散歩したり空飛んだりスライムと遊んだり。日本にいたときのような細かい社会のルールもない。誰に気を遣《つか》うこともない。上司やら取引先に下げたくもない頭をぺこぺこする必要もない。

田舎《いなか》暮らしが苦痛ではない俺にとってこの森はオアシスだ。

でも、俺は悩んでいた。

悩む、なんて一体何年ぶりだろうか。

元来脳天気《のうてんき》な俺が、なぜ悩んでしまうハメになったのか。

それはやっぱり、この前のことがキッカケであったりする。

あんなことが起これば「いくぞ邪竜！」誰だって今後のことを考えてしまう。元々この森は「我が剣は絶対に……屈《くっ》しないッ！」訪問者が多い。

冒険者とやらもそうなのだが、強い魔物もそれなりにやってくる。

なぜ強い魔物が邪竜である俺にわざわざ戦いを挑んでくるかというと、やつらは自分よりも強い力を持つ生き物の肉を食らうことで「はぁはぁ、クッ、これでも……ダメなの……」より己を強化できる。

換言《かんげん》すれば、進化する、とでも言えるだろうか。だから俺を食らおうと森に入って「……届かない。こんなにも……遠……い……なん……て」くるわけだ。

この間の魔王の部下みたいなやつがまた来ないとも限らない。

だったら俺は「諦《あきら》めない……私は絶対に諦めないっ。ネバーギブアップ！」……。

「あーもう、ちょっとうるせえわ！　考え事くらいさせてくれよ！」

俺は目の前でちょこまかと剣を振る女、いつもの女勇者に怒鳴った。

適当にあしらっていたのだが、いちいち声張ってセリフ吐くから集中できやしねえ。

女が息も絶え絶《だ》えに叫ぶ。

「私は、私は、邪竜を倒して、みんなに……みんなにっ！」

「え〜、何でそんな思い詰めてんのよ？　何か悩み事でもあんのか？　俺でよかったら聞くぜ？」

頼れるお兄さん的な態度をしてみたら、女勇者の動きがピタッと止まった。あ、こいつ相当な悩み抱えてやがるな。

俺は近くの木からパパイヤ的なやつを取ると、パカッと割って差し出してやった。

「相手は竜だ。遠慮せず話してみろって」

「……………実は、その、目的がなかなか果たせなくて困っている」

「おいおい、それって俺を倒すってことだったり？」

「……ええ。私はキミか魔王を倒さなくてはいけない。それなのに、なのにっ、弱くて何も成し遂げられないのだ……クッ」

悔しそうに唇を噛《か》みしめる勇者。

まあ魔王は俺がヤッちまったけども、何だってこいつはそんなに俺を倒したいのよ？

「あのよ、前も言ったけど俺は邪竜であって邪竜じゃねえの。信じられないかもしれねえけど、元は人間だから。数年前死んだら魂がこの体に乗り移ってたの。俺がこいつになってからは人間食ったりしてねえからな？」

「……すまない。キミが元人間かどうかなんて私にはどうでもいいんだ。私は私のことで頭がいっぱいで……邪竜を倒すことしか考えられなかった。卑《いや》しいやつなんだ……私は」

すんげえ思い詰めてやがるようだ。きっと街の人間からの期待とかプレッシャーとか凄《すさ》まじいんだろうな。

そういや昔、俺の会社にも期待のホープ君がいたわ。東大出のエリート新入社員が入社してきたんだよ。

やっぱ東大卒っていうとみんな期待しちまう。俺の大嫌いな上司も最初のうちは特別扱いしてたな。

でも、いい大学出身ってだけで営業成績があがるなんてことはまずねえ。社会はそんな砂糖みたく甘くねえ。むしろ嫉妬《しっと》して意地悪するやつのほうが多いくらいだ。

成績が思うように伸びないとなると、周りの人間はこぞって東大卒の悪口を言うようになった。「東大出てるくせに、使えねー」とかな。新入社員は日に日に病《や》んでいった。ブツブツと独《ひと》り言が増えてヤバそうだったので俺はある日言ったわけよ。

「気楽にいこうぜ。おすすめのゲームあんだけど貸してやっからよ」

「……っ……ぃ……だ……」

「ん？　何だって？」

「おまえみたいな二流大学出のやつに慰《なぐさ》められたくないんだよ！　僕に話しかけるなー！」

一応俺先輩だよ？　もうちょっと口のきき方に気をつけて欲しかったわ。ま、そいつはその日のうちに会社辞《や》めちまったからもういいんだけど。

ま、要するに期待されまくるのも辛いって話だ。俺みたいに期待されなすぎも、時に辛いけどな。

「まあ気楽にいこうぜ。人生なんてなるようにしかならねえから。人の期待に応えることも大事だけどよ、自分の心に耳を傾《かたむ》けることはもっと大事なんだよ。あと早くパパイヤ食え」

「あ、え、ありが、とう」

俺が一つのパパイヤ食う間に、女勇者は四つ平《たい》らげた。全然遠慮とかしないんだ。

ここら辺は、フルーツとか豊富だからどんどん食ってもらっていいけど。涼《すず》しい森の中で食うフルーツはたまらないよな。

「邪竜……キミもさっき考え事がどうとか言ってたな」

「ん、まあな。俺もちょっと悩んでてよ」

「私でよかったら……聞かせてもらえないだろうか」

別に隠すことでもないから、俺はありのままに話した。

スライムたちがどうやったら安全に暮らせるか。俺の悩みとは、端的《たんてき》に話せばそういうことになる。

「俺はこの森を出ていったほうがいいのかもしれねえ。そうすりゃ冒険者も来なくなるだろ？　でもそうすると、今度は魔物や野獣がこの森に戻ってきちまう。あいつらは強くねえからな……俺は心配なのよ」

「邪竜……キミというやつは……」

「はいやめやめ、そういう『実はいいやつだったんだね』的なのいらねえから。それよりどうしたらいいか考えてくれよ」

「了承した。なら、結界を張ったらどうだろうか？」

「何ソレ？　そんなの可能なの？」

「可能だ。私でも張れる。ただ私のレベルでは強い魔物の侵入を許してしまうだろう。けれどキミが魔力を貸してくれれば話は別だ」

「え、俺って魔力とかあんの？」

初耳なんですけど。女勇者も何を言ってるん？　的な顔をしている。

「まず間違いなくあると思うのだが……」

あ、もしかしてブレスとか吐けるのって魔力あるからなのか？　火だけじゃなくていろんなバージョンとかあるし、おかしいと思ってたんだよ。

何であれ俺に魔力があるなら好都合ってもんだ。

そういうわけで、俺は女勇者に協力を要請した。

◇◆◇

結界作成作業は比較的スムーズに進んだ。

森の東西南北の入り口に、一つずつ魔法陣のような物を作り、そこに魔力を注ぎ込む。

この陣は女勇者がわけわからん呪文唱え出したら、地面に浮かび上がってきた。

淡《あわ》い色を放っていたそれに俺が手を当てると、濃《こ》い赤色に変化する。どうやら魔力を吸い取られたらしい。体から力が抜けていくのを感じた。

これを四回繰《く》り返したところで作業は終了。

森に目に見える変化はないのだが、これで無事結界が張られたらしい。

「中から出るのは自由だが、外からは入れないはず。もっとも魔王レベルとなれば保証はできないけれど」

「それなら大丈夫だ。何にせよ、ありがとよ。一応立て札も立てといてくれ」

邪竜は北へいきました、と書いてもらった札を森の入り口に立てておく。結界の主《ぬし》である俺や女勇者は自由に出入りできるらしいので、再び森の中に入る。

大声でスライムたちを呼ぶ。集まったスライムたちに女勇者は無害だと説明した後、俺は森に結界を張ったことなどを詳《くわ》しく話した。

女勇者は、スライムが人語を話すことに驚いていた。

状況を一通り説明し、ついにすげー言いづらいことを俺は切り出す。

「あのよ……俺今日でこの森、出ていくから」

「おやびん、どうして……」

「そ、そうよ、急に言われたって困る、わ」

「……考え、……直して」

特に俺になついていたスラパチ、スラミ、スライレの動揺が激しい。俺は込み上げる熱いものを我慢して話す。

「いやなんつーか……ここでの生活にも飽きちまったからな。刺激がねえ生活はうんざりなんだわ」

「このあいだのこと、きにしてるんですね。おやびんのせいじゃないのに。おやびんはナニもわるくないです」

「う、うるせえ。そうじゃねえよ！　もう森なんて飽きただけだっつうの」

「だったら、おいらたちもつれてってくださいっ」

「「「ください！」」」

クッ、こういう展開になっちまうとは……。

俺は、目をうるうるさせながら寄ってくるスライムたちから目を逸らし、背中を向けた。

「だ、ダメだ。おめーらはこの森にいろ。外はあまりにも危険だ」

「危険でもいいのよ！　あたしたちはおやびんと一緒にいたいんだから！」

「だ……だから無理なんだよ。ハッキリ言っておめーらは足手まといなんだよ！」

「……ぼくのこと、盾につかってもいい……。お腹へったら食べてもらっても、いい。だから、だから、おやびんと一緒に……いさせて」

「「「おねがいします！」」」

ぐ……俺は目頭が熱くなってしまい空を見上げた。

どうしてこいつらは、こんな俺なんかをここまで慕《した》うのか。全くもって理解不能なやつらだった。

俺が言葉に詰まってしまうと、代わりに女勇者がスライムたちに話しかけた。

「キミたちは、どうしてそこまで邪竜を慕うんだ？」

「おいらたち、もうかぞえきれないくらい、おやびんにたすけてもらいました。どうしようもなくよわくて、いつもイジめられていたおいらたちを、おやびんはいつも……。おやびんはつよくて、やさしくて、おいらたちのアコガレなんです。おやびんのせなかにのって、そらのサンポしたおもいでは、おいらたちのタカラモノです」

「「「だいすきです、おやびん‼」」」

もうそろそろ限界だった。

俺は森の入り口へ早足で歩き出した。スラパチたちが必死に跳ねながら後を追ってくるのはわかったが、無視して俺は前に進んだ。結界の前あたりまで来ると、俺は立ち止まった。そして振り向かず静かに告げた。

「俺はもう、おめーらのお守《も》りはうんざりなんだよ。せいぜい、この森で長生きしろ……」

「おや……びん……」

鼻声がいくつも聞こえてきた。でもこれで俺の決意が本物だと伝わっただろう。みんな理解してくれたのか、もう連《つ》れて行けとは口にしなかった。

最後に、結界を踏み越えるかどうかのとき、スラパチの振り絞《しぼ》った声が聞こえてきた。

「おいらたち、つよくなります……おやびんがいなくてもダイジョウブなよう、つよくなりますね。だからおやびん――いままでありがとうございました！」

「「「いってらっしゃい！」」」

俺は右手をあげて応えると、結界の外へ踏み出した。

だいぶ歩いてから、俺は静かに森を振り返った。頭の中にここ数年の記憶が――断片的な記憶がいくつも頭の中に浮かんできた。俺のそばには、いつもあいつらがいた。楽しそうに遊んでるあいつらといると、俺まで楽しくなったのを覚えている。

あいつらはさっき、俺がいつもあいつらを助けていたと言った。けどそうじゃねえ。俺のほうがあいつらに救われていたのだ。

俺だって本当なら離れたくなんかねえ。あいつらを連れてってやりたい気持ちはハンパじゃなくある。けど、けどよ、スライムの体は驚くほど繊細《せんさい》で弱い。

この森みたいに静かで過ごしやすいところのほうが長生きする。食い物だって揃《そろ》っている。草や果物だってここなら手に入る。やっぱりこの場所こそ、スライムにとって最も優しい環境なんだ。

「邪竜……あそこの大石の陰で少し休もう」

「なんで、必要ねえよ」

「必要ある。だってキミ、さっきから、具体的には森でスライムに背中を向けたときから泣きっぱなしじゃないか」

「ぐう……じゃあ……休むわ」

　大石の陰で俺が泣きまくってる間、女勇者はひたすら俺を慰めてくれた。頭さすったり翼さすったりしてくれていた。結界のことといい、こいつは案外良い女なのかもしれねえ。将来良妻ってやつになる確率高けえわ。

「最初はうざいと思ってたけど、けっこう良いやつなんだな。名前なによ？」

「クロエだ。キミは？」

「ジャーとでも呼んでくれ」

「ジャー、私はいろいろと誤解《ごかい》していたみたいだ。非礼を詫びよう」

「別にいいって。むしろ俺が礼するわ。今、これしか持ち物ねえけど好きなのやるわ」

　俺は黒袋と剣とあめ玉を出した。クロエは剣と黒袋の価値に気づいたようで驚いていた。どっちも逸品《いっぴん》らしい。あめ玉については、やっぱりわからなかったようだが。

「けれど、必要ない。私には自分の剣がある。荷物もあまり持たないほうだから」

「そっか。じゃ、あめ玉舐《な》める？」

「いや結構。キミが舐めたらどうだろう。甘いものが欲しい気分じゃないか？」

言われてみりゃ確かにそうだ。こんなに泣いたのは、動物番組で母猫が自分の子供の養育を放棄《ほうき》した場面見たとき以来だわ。あっちは今回とは違うベクトルの悲しさがあったな。

この体は毒とかにも強いので、あめ玉に悪い成分が混じってても大丈夫だろう。あめを口に放り込む。

あん？ あんま甘くねえぞ？ 一分くらい舐めたが味が薄いので噛み砕《くだ》いて呑《の》み込んだ。

なんだよこれ、ダイエット用のつもりか。

でも、その辺りからだな。なんか体が変な感じになったのは。

「ジャ、ジャー!? 大丈夫か!?」

え、なになに？ ってうおおおおー！ なんか俺の体が急速に縮《ちぢ》んでいくんだけどどういうことよ!?

最終的に俺は縮んだだけではなく、体つきも変化していた。

自慢の翼や尻尾がなくなり、スライムたちが綺麗だとほめてくれた白銀色の皮膚は肌色になっていた。

あれ、この馴染《なじ》みある肉体感覚って………おいおいマジかよ～～。

6　人型になったけどマイペースでいくわ

結果から言うと、俺は人型になっちまったらしいよ。

百二十パーセント、あのあめ玉のせいだろう。

一時的なものなのか永続的なものなのかわからないが、あれには人間と同じ容姿《ようし》になっちまうという効果があったらしい。

後悔《こうかい》先に立たず。マジで舐めなければよかった……しかも全然美味《うま》くなかったってのがなぁ。

しかし尻尾も羽もないとか不便極《きわ》まりない。尻尾からトゲ生やして飛ばす戦い方とかもう無理なのか。ヘコむな。前髪を確認してみたらどうも銀髪らしい。背はけっこう高めだ。百八十くらい？　顔がどんな感じなのかも気になるんだが――。

「やだ、かっこいい……」

なんかクロエが俺の顔見てうっとりしてやがるな。けっこうイケメンになったということか。これで、ただしイケメンに限る！　を俺も体験できるわけだな。

いや、そんなんどうでもいいわ。

「あのさ、可及的速《かきゅうてきすみ》やかにドラゴンに戻りたいんだが？」

「私にそれを言われても」

ですよねー。ごはっ、やっちまった感が半端《はんぱ》ねえ。

なんで今更《いまさら》また人間とかやらなくちゃならないんだよ。労働の義務とかこの国にあったらどうしよう。引きこもりニートとかいう特権階級はあるだろうか？

「あ、もしかしてさっきのは『願人《ねがいびと》の玉』ではないのか」

「説明よろしく」

「他種族が使うと人の姿になれるという道具で、オークやリザードマンなどが人間社会に溶け込む際に使うと聞いている」

オークから奪ったって言ってたし、それで間違いなさそうだ。

「だがそうなら、完全に竜の力が失われたわけではないはず。時間が経《た》てば、自由に元の姿にも戻れるようになるかと。保証はできないが」

なるほど、いずれ好きなときに変身できるようになるってことか。それは便利かもしれねえわ。

しばらく我慢すればいいってことだもんな。

幸い、人間になったからといって極端に弱くなったわけじゃないらしい。その辺の十センチくらいの石ころは握力で粉砕《ふんさい》できたしよ。

さすがにブレスとかは吐けないが。

「どっか涼しいとこに引きこもろうと思ってたけど、せっかくの機会だし人間の生活も悪くないかね」

「ならばジャー、私とともに街へ来て——冒険者をやらないか？」

「ごめん断る」

「早っ⁉ 私のことそんなに嫌いか⁉ うう、やっぱり私は誰にも好かれない……死にたい……」

クロエのやつ、なんか勝手に落ち込んでしまった。誰にも好かれないってどういうことだよ。変態オヤジとか絶対おまえのこと好きだと思うんだが。

恩人に何も説明をしないのも悪いので、誤解を解《と》いておく。

「すまん、おまえが嫌いとかいうわけじゃなくてだな。俺ってば、できれば楽して生きたいの。冒険者って邪竜討伐とか頑張っちゃうような人種だろ？ そういう働く気マンマンなのはちょっと」

「楽して生きたいって……性根《しょうね》が……」

「腐ってるって？ まあいいじゃねえか。人の生き方はそれぞれよ」

俺はもう日本を脱出したんだ。俺流の生き方を貫いてみせる。

俺たちは、どこまでも広がる平野を闊歩《かっぽ》していった。数分歩いたところで、俺はどこに向かってるのか疑問に思った。

「すまんけど、街まで案内して」

「わかった。二日ほどかかる」

「はあ⁉　そんなにかかんの？　どこに泊まるつもりよ？」

「野宿《のじゅく》だけれど？　冒険者なら普通のことだ」

たくまし過ぎるわ。クロエもこんな綺麗な見た目して野宿とか普通にするんだな。つーかこいつ、そんな距離歩いてしょっちゅう森に来てたわけか。

どれだけ邪竜（俺）のこと倒したかったのよ。気になったので訊いてみると、彼女は次のように答えた。

「キミを倒せばすべてが変わるはずだったんだ」

「俺におびえていた人々の心の不安をとるために闘っていた、と。立派すぎて体痒《かゆ》いな」

「そうではない。私は自分のために闘っていた。だからキミが負担に思うことはない。それに私に残された道はもう一つある。キミがダメなら――魔王を倒せばいい！　それが私の――生きる希望！」

期待に満ち溢れた瞳で大空を眺めるクロエ。やべぇ……このタイミングで魔王倒しちゃったとか言いづらい。生きる希望刈り取ってしまうわ。

クロエのやつがなんかキラキラした目で、魔王を倒せば世界が、未来が変わる！　とか力説してきたので俺は下を向いて知らんぷりかますことにした。

あっぢい……。

マジで暑い……。

日射がキツい……。

このクソ暑さは、日本にいたころの記憶を思い出させてくれて非常に迷惑。

この地方は南国だ。あの涼しくて静かな森は貴重な場所だったのだと改めて痛感する。

思えば、移動手段は歩きより飛行がメインだったからな。あとやっぱり人間の体になったことで耐熱性なども落ちてるんだろう。

「ギブ。もうギブ。休みてえわ」

「まだ歩き始めて三時間だぞ？」

「もう三時間だよ。まだこの体に慣れてねえし、どうにかしてくれよ。具体的にはオンブしてくれよ」

「む、無理に決まってる!?　まだ出会って間もない男女が体を密着させるなんて不潔《ふけつ》すぎるもの！」

クロエが顔を真っ赤にして叫ぶ。このシチュエーションでエロ方面に勘違《かんちが》いするおまえ

ずだ。

ってていうか、あれ村じゃね？　遠くに村落《そんらく》が見える。現実逃避《とうひ》による幻覚じゃねえはがどうなのって思った。頭ん中ピンクじゃん。

しかしクロエに尋ねてみると、顔をしかめながら「あそこには行かないほうが良い」と忠告してきた。理由を尋ねても「不潔だからだ」の一点張り。

不潔？　どんなエロいことが待ってる村なんだよ。行くしかねえじゃねえか。

「んじゃ俺、そのエロ村行くんで。ここでサヨナラかな。今までありがとよ、おまえのことは一年は忘れねえと思うわ」

俺が村に進行方向を合わせると、焦った様子でクロエがひっついてきた。

「待て、待て、ちょっ待って、私も行くから！　ひ、一人にするなっ」

どんな寂しがり屋だ。でもよく考えりゃ金とかなかった。同行してもらえるとありがたいか。

たどり着いたそこは、木の家がいくつも集まった、意外と規模の大きい村だった。

さっそく村に足を入れると、クワで小さな畑を耕《たがや》していた老人がニヤニヤしながら近づいてくる。

「リーバ村へようこそお越しくださいました。今宵《こよい》のオークションにご参加で？」

「オークション？　今夜なんかあんのか？」

「おや？　旅人ですかな。だとすれば、申し訳ありませんが、宿に泊まることは不可能かと」

何でもこの村に宿は三つあるのだが、オークション参加者を優先するため、俺のようなやつは宿には泊まれない可能性が高いらしい。

それ以前に、そもそも金がないんだけどよ。

でもオークションは気になる。この村、やたら身なりの良いオッサンどもが普通にウロついているのだ。あいつらはみんなオークションの参加者なのだろう。

「で、オークションってどんなもの売るんだ？」

尋ねると、ぐへへへと村長が笑い出す。何だその気持ち悪い笑い方はよ。かませの悪役みたいな声の出し方だぞ。

そこで、クロエが盛大なため息を吐いた後、低いテンションで口を開く。

「私が説明するよ。この村は――」

◇　◆　◇

さすがに二十一世紀の地球では奴隷《どれい》制度なんかは廃《すた》れている。人権は皆等しくあるみたいな考えになったからだ。少なくとも表面上は。

で、何で急に奴隷の話になったかっていうと、

「この村は――奴隷オークションを開いているんだ」

と、クロエ先生が説明してくれたからだな。奴隷オークションとは読んで字のごとくだ。

なんでわざわざこんなへんぴな村でやるのか？　何でも、この近くにある都市では、奴隷オークションが禁止されているかららしい。

とはいっても、都市でも普通に奴隷商館みたいなのはあって、奴隷の売買は可能。じゃあ何だって売買はＯＫでオークションがＮＧなのか？

それは、オークションで競《せ》り負けたやつが根に持って落札者を襲撃する事件が多発したからであるようだ。しょうもねえ話だ。

んで、領主が怒っちまって街でのオークションを一切禁止にしたと。でも諦めきれねえ奴隷商人と客ども。そこで、この村に欲望の矛先《ほこさき》が向いちまった。

村をあげてオークション会場を提供することで、この村に金が入る。

だから村長ならびに村人は、この状況を不満に思ったりはしてねえらしい。まあ場所貸すだけでガッポガッポじゃあな。おまけに宿屋も繁盛《はんじょう》するっていう……あれ？　俺もここの住人になりてえんだけど？

「奴隷商人も特に優秀な奴隷は店で売り出さず、オークションにかけることが多いんだ。予想以上に高値がつくことが多いから」

なるほど、ネットオークションに一時期ハマっていた俺としては素直にうなずける。中古なら三千で買えるゲームが五千で売れたのを見たこともあったっけな。

落札後、アパート三階から飛び降りたくなったのも良い思い出。いや、やっぱ全然良くねえわ。

ともかく、クールすぎる営業マン（笑）で通っていた俺ですら熱くなってしまう魅力が、オークションにはある。

「逆に、売れ残りを安く出すことも多いけれど」

それも理解できる。大衆の目にさらすことによって物好きの出現に期待するんだろう。

ネットオークションでも一円で出品すりゃ誰かしら入札してくれるしな。

「ひょひょひょ、オークションはこの村の名物ですじゃ。参加料は多少かかってしまいますが、アナタ方も参加してみてはどうでしょう？」

じいさん、その参加料のいくらかが懐《ふところ》に入るからってニヤけ過ぎだぜ。

「まあ人生経験も大事だしな。俺としては参加してみたい気もするんだが、ひょひょひょ」

金貸して。そういう視線をクロエに送ったら心底呆《あき》れた顔をされた。

「私は年端《としは》のいかぬ女の子まで売買するというところが、どうしても認められない」

男ならいいのかよ。ショタコンどもがブチ切れるぞ。

「よって、ジャーには悪いが参加料を払いたくはないのだ」

「わかった。じゃあ、ここでお別れだな。今までありがとさん」

俺が軽めに別れを告げて歩き出そうとすると、再び凄まじい勢いで前に回り込んでくるクロエ。一流バスケ選手並みのディフェンスじゃねえか。

「待て、待つんだ。どうして別れ話になる？」

「別れ話って……でもおまえが参加しないならしょうがねえよ。俺は参加してえから小金稼《かせ》ぎするためにここに留まる。おまえは村が嫌いなんだろ？　だから町へ戻るんじゃねえのかと思ってよ」

「いや、ま、それは、その辺は、でも、街まではまだ遠いし……。ジャーが一人では心細いのではないかと思って。なら、一緒にいてあげてもいいんだけど……」

「べつに心細くなんかー」

「わかった！　そこまで言うなら仕方ない！　私も行動を共にしようじゃないか」

何この強引すぎる手口？　どんだけ一人になるの怖がってんだよ。普段から周りにチヤホヤされてるから孤独に耐えられねえと俺は見たね。

まあ俺も知らねえことも多いし、ついて来るなら拒《こば》まねえけどな。

そのときである。

突然入り口のほうから村人らしきやつが全力疾走してきた。村長の前で止まると、肩を大きく上下させ、息を切らせながら叫ぶ。

「大変だ村長！　魔物が出た、村のほうにやってくるぞ！　シックスベアーだ！」

「まずは落ち着くのじゃ。慌ててもロクなことにならん」

おお、伊達《だて》に年重《かさ》ねて皺《しわ》だらけじゃねえらしい。村長の冷静ぶりには舌をまくね。しかしシックスベアーって熊が六匹ってことか？

でもよ、熊って魔物じゃねえよな……？

村長は広場にいた人たちを集めると事情を説明し、それから外来の客たちに助けを求め始めた。

というのも、この村には貴族やら金持ちやらが大勢集まっている。そんなやつらが護衛もなしに村まで来るわけがねえ。

実際、屈強《くっきょう》な体した大男や高そうな武器ひっさげたやつらが何人もいた。

そいつらの力を村長はアテにしてるってわけだ。

ところがどっこい。

どういうわけか、金持ちどもは一様に渋柿《しぶがき》でもかじったような顔をし出した。なんかこの空気に既視感《きしかん》を覚えるんだけど。

……ああ、あれか。学校で担任教師が「では、クラス委員長を決めたいと思いまーす。やりたい人ー？」的な発言したあとの空気か。

そんなんやりてえやつなんかいるかよ、空気読めよ、的なやつだ。

「シックスベアーはこの辺では相当に強い魔物だ。自分の奴隷や手下が傷つくかもしれないから、協力的ではないんだ」

「なるほどな。でもこのままじゃ村がヤベーことになるんじゃねえの？」

俺の言葉にクロエは沈黙し、近くにいたまだ幼い子供をじっと見つめた。

「……………こんな村でも、子に罪はない。私はそう思う」

かっこ良く腰から剣を抜くと、クロエはそれを高く掲げて宣言した。

「私が戦おう！　そこまで案内してくれ」

まだ若い女ながら威風堂々《いふうどうどう》としたクロエに周囲から万雷《ばんらい》の拍手がわき起こる。本当なら魔物退治なんて面倒だが、俺も思うところがあってクロエについて行くことに。

あと、戦う気はねえクセに、野次馬根性で何人もの金持ちどもが後をつけてきた。

村から百メートル辺りのところに、魔物《ターゲット》はいた。

何でシックスベアーかは一瞬で理解したわ。左右三本ずつで計六本、腕が存在してんのよ。千手観音《せんじゅかんのん》でもリスペクトしてんのかって話だ。悪趣味にもほどがあるんじゃねえの。

「一気に勝負を決めるっ」

バーゲンセール前のおばちゃんのごとく意気込むクロエの肩に俺は手をかけた。

「あのよ、あいつ俺がやってもいい？」

「キミが……？　もちろん構わないけれど、でも体は大丈夫なの？」

「だからよ、感覚の確認もしてえから俺がやるわ」

「危なくなったら援護する」

「サンキュ、勇者さん」

褒《ほ》め言葉のつもりで口にしたところ、背後からそれを否定する弱々しい声が耳に届いた。

「自分は臆病者でうんたら……」と聞こえた気がしたが、今はそれどころじゃねえな。

俺は聖剣を握《にぎ》りしめ、一、二度素振《すぶ》りをしてみる。剣の長さはほどほどだし重さも扱《あつか》いやすい。もっとも俺の筋力が並じゃないので、そう感じるだけかもしれない。

「グルゥルゥウウ」

さて、邪竜だったころならこんなん瞬殺できたと思うが、人型だとどんな感じか……実験開始だ。

7　俺、まぁまぁ強いな

二足歩行のシックスベアーは、獰猛《どうもう》さを忠実に表した唸り声をあげた後、地面を蹴った。

二メートルオーバーの巨体が風を切って瞬《また》く間に接近してくる。

まるで右フックを放つように、シックスベアーは横から爪を滑らせる。厄介なのは上段、中段、下段と、三本の腕を使って一斉に攻めてきたことだ。

仕方なく俺はバックステップでいったん距離を取る。ブワッと豪快《ごうかい》に空振《からぶ》りするシックスベアー。それでも、体勢を立て直して再び猛然《もうぜん》と直進してくる。俺は地面の砂を蹴り上げて、やつの視界を塞《ふさ》いだ。

目潰しを受けてもがく魔物は隙だらけ。切っ先を蒼穹《そうきゅう》に向け、俺は躊躇《ちゅうちょ》なく剣を振り下ろす。幹竹割《からたけわ》りで左側三本の腕を仲良く斬り落とした。

悶絶《もんぜつ》しても不思議じゃない痛みにシックスベアーは酷い叫び声をあげたが、そこは野生の魔物。痛がっているばかりではなく、すぐさまラグビー選手のごとくショルダータックルしてくる。

俺は手を使わずに宙で側転するような形で、危なげなく避けた。虚空《こくう》に体当たりしたシックスベアーは転倒。ヨロつきながらも立ち上がる。切断面から赤い液体が垂《た》れているが、瞳に宿る闘志に衰《おとろ》えはない。

オーケー、体もだいぶ動くことが判明したし、遊びは終わりにしよう。

こちらを睨《にら》みつけているシックスベアーに対し、俺は剣をポイッと山なりに放り投げた。どんなに気構《きがま》えてようが、そんなことされりゃ、視線がブツを追ってしまうのが野生生物の性《さが》。

まあそれが命取りなんだけどな。

シックスベアーの灰色の瞳がぐるんと急速に下を向く。やつが自分の懐あたりに注目しているのは、そこに俺がいるからだ。一瞬で肉薄《にくはく》した俺は将棋でいえば王手状態。あとはトドメをさすだけだ――真っ黒な顎《あご》を突き上げる。アッパー炸裂《さくれつ》！

俺の拳は体表を穿《うが》ち、肉を潰し、骨を砕く。まるで手榴弾が爆発したみたいにシックスベアーの頭が破壊された。

肉片が方々に撒《ま》き散る。体の司令塔を失った巨体はゆっくりと地面に沈む。俺は使ってないほうの手で落っこちてきた剣をキャッチ。

空を浮遊《ふゆう》する綿あめみたいな雲。それを眺めつつ、長めの息を吐き出す。竜のときに比べるとそりゃ不便は感じる。

が、こっちはこっちで悪くねえかもしれねえわ。頭でイメージした通りに動いてくれる。パンチ一発で熊の頭を分散させるくらいには筋力もあるみてえだしな。

これなら自分の身くらいはなんとか守れ――んお？

ちょっと待った。せっかく俺が華麗に魔物倒したっていうのに、静かすぎじゃねえ？拍手や賞賛の一つくらいあっても良さそうなもんだが。どいつもこいつも口をぱっかり開けて、あめ玉でも欲しいのかよ。

「さ、さすがだよジャー。まさか剣技にも通じていたとは……」

「別に通じてないんだけどな。おまえら冒険者の使い方とか見よう見まねでやってみただけなんだわ。ま、上手くできたみたいだからいいけどよ」

邪竜退治にやってくる冒険者の中で、もっとも多数派だったのが剣使いだった。面白《おもしろ》いもんで、よく見ると一人ひとり太刀筋《たちすじ》なんかも違っていた。

動体視力やら記憶力やら強化されていた俺は、一、二度見たら大抵そいつの動きは忘れねえ。それが今になって役に立ったってわけだ。まあ最後はボクサーよろしくアッパーだったけども。

ちょい間が空《あ》いて、喝采《かっさい》があがった。

どうやらあいつら、俺のセオリー破りの戦い方に驚いていただけらしい。

金持ちの護衛ら数人が近寄ってくる。

「すごかったわ。あなたほどの使い手はそうはいないでしょうね」

「とても素敵でした。剣技やたくましい肉体、日頃の訓練の賜《たまもの》なのでしょうね」

「あんた、名前は？　あと怪我《けが》とかないわけ？　あるなら……治してあげてもいいけど……」

見事なまでに寄ってくるのが女だけなんだけど。これがイケメンパワーってやつなの？　それともこっちの女は強いやつがやたら好きなのか。

悪い気分じゃねえ。じゃねえけどよ……他の護衛関係の男どもの視線が痛いっちゃ痛い。

自分だけモテやがって（呪）みたいな僻《ひが》みの感情が垣間《かいま》見えるけど……べつに男の嫉妬《しっと》なんかどうでもいいか。そもそもおめーらが戦わねえから、俺に回ってきたわけだしな。

「俺ってば、特に修業《しゅぎょう》とかしてねえの。でも、ああいうことできちまうっていうか」

「え、そんなことってあり得るの⁉」

「天性の才能、なのでしょうね」

「ふぅん……で、あんた、名前は？」

「キミたち、あまり馴《な》れ馴《な》れしくしてもらっては困る。彼は私の仲間なのだから」

仲間のところをやたら強調しながら女たちを追い払うクロエ。もっとチヤホヤされたかったのに。文句言おうと思ったところで、村長が満面の笑《え》みで近寄ってきた。

「本当にありがとうございました。オークションにもぜひ参加を。もちろん参加料などいりませぬ」

「宿の件ですが、何とか空きを作らせますので、ぜひ村にお泊まりくだされ」

なかなか話のわかるじいさんだ。嫌いじゃないよ、そういう手のひら返し。ありがたくお邪魔させてもらおう。

村に戻ると、今度は貴族やら大商人やらが俺にアプローチかけてきた。俺をお抱えの護衛にしたいらしい。給料うんぬんの話とかいろいろしてもらったけど、とりあえず全部断っておいた。

だって応じたら、あいつらの命令聞かなきゃなんだろ。それって会社勤《づと》めのサラリーマンと何が違うのかって話。

給料の話をされて気づいたんだが、俺はこの世界の金銭感覚が恐ろしいほどなかった。

これじゃマズいと思ったんで、クロエ先生にご指導ご鞭撻《べんたつ》よろしく頼む。この地域の通貨単位はリゼで、だいたい百リゼでパン一個、都市部の住人の月給は十万から二十万リゼ辺りらしい。

もちろん職業によって給料は変わってくる。けど、日本円の感覚と近そうなので助かる。

しかしあれだな。さっきの金持ちどもは相当な高値で俺を雇《やと》おうとしてたらしい。

一月百万以上支払うってやつばかりだった。中には二百万出すってオッサンまでいたくらいだしよ。ちと失敗したか？

そう考えていると、クロエが言う。

「護衛は危険が多い。ダンジョンや遺跡で魔物と戦い殉職《じゅんしょく》することもしばしばなんだ」

やっぱり断って正解だったな。尊敬もできねえ上司のために死ぬとか最悪の死に方だもんな。その後もクロエから物教わってたら、あっという間に夜になった。

「ジャー様、クロエ様、特等席を用意しましたのでどうぞこちらへ」

奴隷オークションがついに開催されるらしいな。よし、金はねえけど行ってみるか。

◇

◆

◇

参加者たちの盛り上がり方は異常だった。

どのくらいかっていうと、モテない体育会系男子のムサい飲み会に、超美少女アイドルが参加してきたときくらいのテンション。

そんなシチュエーション現実じゃありえねえけど。

村の広場は、簡易オークション会場に早変わりしていた。椅子が軽く百脚は用意され、広場の外周に沿うように松明《たいまつ》がいくつも地面に差し込まれている。

明るさは十分。ただでさえ暑苦しいのに、客たちの熱気でそれに拍車《はくしゃ》がかかっちまっている。

売り物の奴隷たちは広場の隅っこに固まっていた。いかにも戦闘用の大男から、ハンパない美女、一見冴《さ》えないオッサンまでバリエーション豊富すぎだ。

こうして異様な空気が流れる中、競売は開始されたわけである。

奴隷商人が、一人の美女を連れて参加者の前へ出てくる。

ちなみに俺とクロエは、最前列の特等席で見学していた。

「本日はお集まりいただきありがとうございます。皆様方のような高貴なお身分の方と、こうして接点を持つことができることが……」

「挨拶はいいからさっさと商品の説明をはじめろ！」

「はい、失礼いたしました。ではさっそく……彼女は見ての通りダークエルフです」

美女は小さめの貫頭衣《かんとうい》を着せられ、肉感たっぷりのスタイルがありありと見て取れた。運営は明らかに狙ってやってるんだろう。

髪は黒で肌は褐色《かっしょく》、耳はとがっている。クール系の美人ってやつだな。

エルフってのは美男美女の割合が多いようだが、亜種《あしゅ》のダークエルフもそうらしい。

「彼女は若く見えますが、今年で四十二になります。当然、性経験はそれなりにあり、初々《ういうい》しさでは他に劣《おと》ります。ですが奉仕度は高く、見ての通りの肉体美の持ち主でもあります。またダークエルフですから、見た目の劣化《れっか》は、少なくともあと百年はないでしょう。それに、ゴブリンを数体倒せるほどの水魔法も使えますので、ちょっとした護衛としても役に立ちます。性格もクセがないため扱いやすいかと。値段は百万リゼからスタートさせていただきます」

「二百！」

「四百」

「五百五十！」

「五百八十」

「七百だそう」

ソッコウであちこちから声があがった。信じられねえレベルで金額がつり上がってくんだが……。そんな大金ポンと出せるとか嫉妬しちまう。

結局、ダークエルフの熟女……と言っていいのか微妙な四十二歳は二千二百万で売れた。落札したのは、肥《こ》えに肥えたタヌキの化身《けしん》みたいなオヤジだった。

あいつ絶対エロいわ。ゲへへとか言いながら、ダークエルフの手を取りにいってるしょ。

でも美女は、嫌な顔どころか笑顔を作ってる。セクハラ的に尻を触られていたが、それでも笑顔は崩さない。これからご主人様になる人なんだから、逆らわないでおこうってとこか。

……泣かせるね。

突然、クロエが嫌そうな顔を見せた。

「クッ」

「ん、どうした？」

「やっぱり不快だ。これから彼女が歩む道を想像すると……胸が痛い」

「どういう道を歩むんだよ？　詳しく説明してほしいわ」

「そ、それはその……あの男に……いろいろと…………その……」

顔をリンゴ色にしてうつむくクロエ。クロエって絶対ムッツリ系だよな。普段は清純《せいじゅん》そうにしてても、じつはアッチ系に興味津々《しんしん》の女って割といるしょ。

それはともかく、競売は続いた。

自慢の商品を連れてきたというだけあって、どれもこれも優秀な人材ばかりだった。性方面にだけじゃなく、護衛やら戦闘要員やらとしても優秀そうなのが多い。

中には元詐欺師《さぎし》で、天才的な話術を持つやつなんかもいた。こいつを雇えば、商品を三割引で買うのなんて朝飯前だそうだ。ハゲ散らかしたオッサンなのに高値で取引されてたわ。人間、顔じゃねえな。うん。まあ詐欺師なんて褒められた職業じゃねえけど。

オークションも最後のほうになると、趣《おもむき》がいくらか変わってきた。

今までは良品販売って感じだったけど、段々在庫処分セールみたいなノリになってきてる。

普通に店に置いても売れなさそうなのばっか出てくんの。

そこそこ強いが、風呂入っても獣臭《けものくさ》さが強烈な獣人。

貧乳で出っ歯だけど、夜方面でしか使い道がないらしい女。

特に何の取り柄《え》もないくたびれたオッサン。

奴隷にも格差があると思い知らされたね。どいつもこいつも十万前後で取引されていく。酷いのだと五万なんてのもあった。

そんな状況について、クロエが説明してくれる。

「奴隷にするにも経費がかかる。だから安くても使えなさそうな者は売れないんだ」

「窓際族《まどぎわぞく》のリーマンはいらねえってわけか」

「窓際族？　リーマン？」

「いやこっちの話な」

とうとうオークションもラストの一人を残すのみになった。最後の一人が連れてこられると客席からどよめきが起こる。

パンパンに顔が腫《は》れ上がり、歪《いびつ》な容貌《ようぼう》をした女が現れたからだ。

痣《あざ》がひどく、そこから黒血《くろち》が垂れている。十発、二十発ぶたれたってああはならない。元の器量《きりょう》が良いのか悪いのかすらわかりかねる。体のほうにも細かい傷がたくさんあった。

魔物にやられた感じではない。虐待《ぎゃくたい》のほうがしっくりくる。

「こちらのイレーヌは、十四歳のエルフです。彼女は一度売却されたのですが、返品されてきた商品でして……とはいえ、イレーヌ自身に非があったわけではなく、むしろ購入者様のほうに問題があって……」

曖昧《あいまい》な説明に、客席から文句が出る。

「言葉を濁《にご》さず、真実を伝えてくれ。でないと我々としても手を出しかねるぞ？」

客からの正論にタジタジになる奴隷商人。そして観念したように話し始めた内容は、次のようなものだった。

以前に購入した野郎は貴族。イレーヌは元々飛び抜けた器量を持っていたので高値で売れたらしい。しかし購入一週間後に返品されてきて、そのときには今の状態になっていた。

ミスばかりするので罰を与えた、使えないからもう返品したい、というのが貴族の言い分だったようだ。

ちなみに返品は購入後一ヶ月以内なら可能だが、金は一銭も戻ってこない。つまりそいつは、イレーヌを痛めつけるためだけに高い金を払って購入したというわけである。

「元々は器量が良く、見ての通り肉体の発達も素晴らしいエルフでございます。弓の腕も達人級であり、前の方は一切性的なことを行わなかったので純潔《じゅんけつ》のままです」

必死にアピールするのはいいが、あんな顔を見せられては逆効果な気がするな……。

しかも、さらに問題があるらしい。

「ただ、汚染病《おせんびょう》に侵されておりまして……都市部で暮らすならば、寿命は長くてもあと半年ほどになります」

汚染病。聞き慣れない単語だったので、クロエに尋ねてみた。

「クロエ、汚染病ってなんだ?」

「エルフが罹患《りかん》しやすい病気で、清浄《せいじょう》な空気を取り入れていないと体に支障が出るんだ。要は、森の奥深くで生活しなければならないということだ」

そういや、さっきから咳《せき》ばっかりしてるみたいだしな。

「このイレーヌですが、一リゼからのスタートとさせていただきます」

「よほど売りてえらしいな」

「おそらく、ここで売れ残れば処分されるはず。大抵は鉱山や橋の建設現場などに送られ、死ぬまで強制労働させられる。危険な場所がほとんどで魔物にやられることも多いんだ」

「せめて奴隷にしてあげたいと。商人にも、慈悲心《じひしん》が多少は残ってるのかね」

しかし、オークションは、案の定《じょう》盛り上がらない。それでも入札するやつは数人いて二万リゼまでは上がったが、そこで頭打ちになった。

「他にいらっしゃいませんか？　ではこれにて……」

商人が終了宣言しようとしたそのとき、凛々《りり》しい声が会場内に響く。

「四万リゼ」

倍の値段をポンと言い放つイケメンボイス。会場内がちょっとザワついた。

おいおい、今の勇者みてえな声の持ち主は一体誰だっての――。


あ、俺だったわ。

◇◆◇

俺ってば昔から衝動的に行動しちまうときがある。

特に買い物なんかそうだ。

新発売の家電製品やらゲーム機やら宝くじやら、しょっちゅう衝動買いしてた。

今回もまたそうなんじゃねえかって……。

買った後に頭冷やして後悔するんじゃねえかって……。

それはない。

今回に限っては考えた上での行動だ。強いて言えば、隣のクロエが四万リゼ持ってるかが問題だったが、何とかその賭《か》けには勝ったみたいだ。

まあ思いっきり叱られたけど、金は貸してもらえた。

ちなみに倍の値段を出したのは、ライバルの心を折るためな。中途半端《はんぱ》な額を出して競い合いになったら負けちまうし。

全てのオークションが終了して、波が引くように広場から人が消えていった。俺は恰幅《かっぷく》の良い商人に金を支払い、イレーヌを引き渡してもらった。

「では、奴隷証紋《しょうもん》の術を施《ほどこ》します」

「あ、それはいらねえから」

「よろしいのですか？　紋《もん》を刻まないと奴隷の反逆や逃亡を阻止できなくなってしまいますが……」

「それでもいいさ。逃げられても、あんたに文句言ったりしねえから、安心してくれ」

「そういうことでしたら……まあ、イレーヌなら大丈夫でしょう」

「従順な性格か。俺としても助かる」

「それもありますが、逃げる場所や頼れる人がいないのです。さあイレーヌ、ご主人様になる方に挨拶しなさい」

「買っていただき、ありがとう、ございました。よろしくお願いします、ご主人様」

殊勝《しゅしょう》な感じで俺に頭を下げるイレーヌ。目はちゃんと見えてるようだな。顔が腫れているせいで目が開いてんのかすらわからなかったんだ。

「じゃあ、クロエ、イレーヌを先に俺の部屋へ連れてっておいてくれ。俺は商人と少し話あるんで」

二人がいなくなった後、俺は商人にいくつかの質問をした。

まず、なぜ前の購入者はあんなことをしたか。

これについては、商人も詳しくわからないらしい。そもそもこいつは仲間の商人からタダ同然でイレーヌを譲《ゆず》り受けただけなのだそうだ。ただ、最初にイレーヌを購入したやつは貴族ってことは知っていると。ちなみにそいつの名前は、カルボーラ。パスタにかけるアレに似てるな。

あとはイレーヌの生い立ちについてや、実は汚染病以外にも病を持っているんじゃないかということも訊いておく。

そして忘れてはいけない大事な質問は……イレーヌの顔が仮に元のままで、かつ健康だった場合、取引相場はいくらくらいになるか？　である。

　全てを聞き終えてから俺は宿に向かう。部屋の中から会話が聞こえてきたので、盗み聞きさせてもらった。

「大丈夫だよ、彼はあれで根は優しい。キミに暴力をふるったりすることはない」

「……はい」

「不安かもしれないが、元気を出してほしい。何度も言うが、私にできることなら何でも協力するから……ね」

「ありがとう……ございます」

　クロエがイレーヌを慰めていたようだ。俺はそっと室内に入る。二人とも涙目になっていて不思議に思った。女同士、濃い時間でも過ごしたのだろう。

　打ち解けたところ悪いが、イレーヌと二人で話したいので、クロエに自室に戻るように頼んだ。

　すると、クロエは俺に不審《ふしん》な目を向ける。

「今日は疲れているようだし、ゆっくり休ませるべきだ。ないとは思うけれど、まさかあの状態の彼女に手を出すつもりじゃ」

「さすがにないから安心してくれ。四万はちゃんと返すからよ。あんがとな」

「うん、ならいいんだ。お休み、二人とも」

さて、これでイレーヌと二人きりになった。まず会話でもして緊張をほぐしてやるかと思ったんだが……どうも発作《ほっさ》が起きちまったらしい。

「ごほっごほっごほっ、すみまごほ、せん……ゲホゲホッ」

少し休ませてやるとだいぶ落ち着いてきた。しかし吐血とかもするんだな。相当辛そうだ。こりゃ暢気《のんき》に世間話なんてしてねえで本題に入ったほうが良さげか。

「……ご主人様、ご迷惑ばかりかけて申し訳ありません。もう、大丈夫です。私にできることであれば、どんなことでもいたしますので、お申し付けください」

「おう。じゃあ、さっそくだけどよ、これ全部飲んでくれ」

俺は透明《とうめい》な液体の入った小瓶をイレーヌに手渡した。中に入っているのは水じゃない。俺の涙だ。スライムたちと別れて号泣《ごうきゅう》したとき、もったいねえからと念のために瓶に溜めておいたやつである。

イレーヌは中身が気になったようだが、質問もせずに全て喉《のど》に通した。それから肩をビクッと跳ねさせる。

「えっ、あう、えっっ？？？」

体中がぽかぽかしてるんだろう。みるみるうちにイレーヌの姿が変化していく。

白皙《はくせき》の肌に刻まれていた切り傷や醜《みにく》い痣《あざ》は跡形《あとかた》もなく消えていき、滑《なめ》らかになる。そして見るに耐えなかったグロテスクな顔も本来あるべき形へと戻っていった。

俺の涙は、あらゆる病気や怪我を癒すことができる。以前、病気の母親を持つ魔王の部下に涙を渡したのもそれが理由だ。

俺は本来の姿を取り戻したイレーヌを見るなり、おおおおっーと声をあげた。想像以上の美少女なんだが……これはヤバイ。

サラサラの金髪、珍しい赤い虹彩《こうさい》、整いつつも柔らかさの残るキュートフェイス。加えてスタイル良しの巨乳ときた。

絶対十四歳の体じゃないだろうこれは。日本では成人した野郎が十四歳にハアハアしたらロリコン呼ばわりなんだけど、こっちではどうなんだろうな。

イレーヌが不思議そうな表情を浮かべて尋ねてくる。

「あの、先ほどのは……？　辛かった胸や喉の辺りがとても楽になったのですが」

まず変化に気づくのは体内のほうからだよな。

「俺の涙は特殊でな。汚染病だかなんだかも完全に治ったと思うぞ」

「えっ、でもそんな貴重なものを……私なんかのために……」

「それより、治ったのは病気だけじゃねえぞ」

「ぁ……体の傷が、消えてます」

「体だけじゃねえ。洗面所で顔も見てこいよ」

イレーヌは弾《はじ》かれたように部屋を飛び出し、二、三分くらいして戻ってきた――。

充血しまくった目をしながら。

もうちょっとくらい泣いていても俺としては全然構わなかったんだが。

俺と目が合うなり深々と頭を下げ、そのまま固まるイレーヌ。ちょ、待て待て、こいつ俺に胸の谷間見せつけてんじゃあるまいな！

たゆんと揺れる、白くて柔らかそうな……ってダメダメ。

変な気持ちになりそうだから、天井の汚《よご》れでも数えよう。一つ二つ三つ四つ……二十八ってこの宿、汚《きた》なすぎんだろ！

ともかく、だ。

俺が手を出すことは御法度《ごはっと》。価値が下がるようなことだけは禁止だから。こいつを適切に扱って高く売ることができれば、俺はしばらくニート生活できんだからよ……。

そんな俺の思惑をよそに、イレーヌは感謝しきりである。

「わ、私っ、ご主人様になんてお礼を言ったらいいか」

「いいのいいの」

「でも、でも私のことを助けてくださいました！」

「俺は、俺のためにやっただけだから」

「それでは気が済みません。私なんかじゃ物足りないかもしれませんが、どうぞ存分にしてください」

感謝しすぎて興奮したのか、貫頭衣を脱ごうとするイレーヌ。

くぉっ、早まんなっ！

俺がその行動を制止しようと、その白い腕に触れた瞬間――。

イレーヌはビクッと体を震わせて、頭を抱えた。

ブルブルと震えている。まるで猛獣を前にしたチワワみたいに。

「だからよ……無理すんなって」

「す、すみま、せん、こんなつもりじゃ……」

「さっきの液体は……俺の涙は、肉体は治せても、心の傷は治せねえんだ」

さっき俺は、商人にあることを尋ねていた。それは心を病《や》んでないか？ ということだ。

強いストレス下に置かれて、心を健全に保っていられるやつは少ない。俺なんて以前、休日出勤しろと告げられるだけで発狂しかけてた。

商人から聞くことができたイレーヌの境遇は、俺なんかより遙《はる》かに酷いものだった。

故郷は魔物に襲われ、イレーヌ以外全員死亡。

山をさまよっていたところ、別の奴隷商人と出会い、商品にされる。

奴隷商館では、その美しさに嫉妬した他の奴隷たちから精神的な虐《いじ》めを受けていたらしい。

ようやく買われたかと思えば、問答無用で顔面パンチ数百発。

美人薄命《はくめい》、幸薄《さちうす》し、なんてレベルじゃないよな。

そりゃ、心にガタがきてもおかしくない。

結論を言うと、イレーヌは男性恐怖症だ。男が触れると体がああいう風に、拒絶《きょぜつ》反応を示すようになってしまったらしい。まあ、攻撃とかしてこないだけマシだが。

「おめーは自分が思っている以上に疲れてんだよ。無理しなくていいから、今日はそのベッドで寝ろ」

「私は床でけっこうです！　ご主人様が……」

「うっせえ。俺は潔癖性《けっぺきしょう》なんだ。他人が利用したベッドだとジンマシンが出んの。だから床でいい。さあ寝るぞ」

イレーヌがベッドに入るのを確認してから、俺は床に寝っ転がった。

暗くなった部屋の中でふと思った。

潔癖性が汚ねえ床で寝るのは、無理があったな。

8　思った通り、掘り出しものだったらしい

朝、目が覚めるとベッドが空《から》だった。

部屋のどこにもイレーヌの姿が見当たらない。

はは、逃げられちまったらしい、はははは、チクショー！

あんなに感動してたのに、ソッコウで逃げるとか女は怖いぜ……。

やっぱり奴隷証紋つけるべきだったのだろうか。でもあれ、解除するとき金かかるって言ってたから、少しでも多く儲《もう》けを出したい俺としては避けたかったんだよな。

結果としてこのザマだから虚《むな》しい。

憂鬱《ゆううつ》な気分になったので二度寝しようとしたら、ドアが静かに開いた。

そこにいたのは、イレーヌである。

「あっ、おはようございます！　ご主人様、朝ご飯をお持ちしました」

なんだ、朝飯取りに行ってただけか。安心した……あと疑ってごめんな。

「昨日の夜は眠れたか？」

「はい。でもベッドは柔らかすぎて、その、私も床に」

「そうか……」

ここは安宿だしベッドの質だって良くない。柔らかすぎるなんてことは絶対にない。主人が床で寝るのに自分だけベッドで寝るなんて……ってとこか。

泣かせる。

でも、ストップだ。

情が移るようなことは禁止。俺はあくまで自分の目的のために、こいつと一緒にいるだけだ。特別な感情とかはない。生み出してもいけない。

ただ、男性恐怖症だけはどうにかするべきだろう。

「イレーヌ、率直に訊くけど、男が怖いか？」

「……ご主人様は怖くありません」

「けど、触《さわ》られるのはキツいだろ？」

「すみません……体が勝手に反応してしまうだけですので。どうかお気になさらず、いつでも好きなようにしてください」

そうは言っても、無意識レベルで拒否しているってことだ。俺じゃなく他の男が触れても大丈夫なようにしたいのだが。

朝飯を済ますと、身支度《みじたく》を整えてイレーヌと部屋を出る。隣の部屋のクロエも出てきたところだった。

クロエはイレーヌを見るなりショックを受けたような表情になった。

「キ、キミという男は……。イレ、イレーヌのいる部屋で……女性を、女性を買う、なんて……！」

激しく勘違いしてやがる。

でも仕方ないのかね。俺の隣にいる美少女エルフが、昨日顔面崩壊《ほうかい》してたイレーヌだと気づくほうがおかしい。

　混乱するクロエを落ち着かせて、事情を簡潔に説明すると、彼女は安堵《あんど》の息をついた。

「そういうことだったとは。勘違いして恥ずかしい……。てっきり商売女性を買ったのかと」

「おまえはいつも変な方向に勘違いするよな。欲求不満？」

「そ、そんなわけないからぁっ！」

「じょ、冗談だよ。それより武器屋あるんだよなここ。悪いけどついてきてくれ」

　さっそく向かうと、普通の民家と同じ造りをした武器屋にたどり着いた。村を訪れる客が多いからか、品揃《しなぞろ》えはまあまあだった。

「イレーヌは弓を使えるんだっけか」

「はい」

「遠距離タイプってわけだな」

「一応、蹴技《しゅうぎ》もすこしは使えますが」

「あ、そうなの？　よくわかんねえけど、じゃあ弓と靴を買うか」

　品定めをしてみたが、俺は弓とか今イチわからない。結局、クロエとイレーヌに任せることにした。弓矢が決まると次は靴だ。こっちで蹴技ってのは割とポピュラーな武術らしく、専用の戦闘靴が売っていた。

一見ただのブーツなんだが踵《かかと》を地面にぶつけ衝撃を与えると、シャキンと靴の先端から十数センチほどの刃物が飛び出てくる。

あれでトウキックされたら、流血騒ぎになるわ。

少し安めのやつを選んでカウンターに持って行く。

「お支払いは、しめて十八万リゼになりますがよろしいですか？」

「よろしいですか？」

隣のクロエに視線を送る。

「……ジャー、キミにはもう少し遠慮を覚えてほしいよ」

とか言いつつ出し渋ることもなく代金を払っちゃうクロエさん。甘えてる俺もダメだけどよ、甘えさせるクロエもどうなんだろう。お人好し過ぎて心配になる。

「しかし、よくそんな大金持ち歩いてんな」

「私は銭荘《せんそう》には預けない主義なんだ」

銭荘は両替やら預金やらを行う、銀行のようなものらしい。ともあれ俺の借金はこれで二十二万になったか。

なあに、イレーヌさえいれば元は取れる取れる。

チラッと金のなる木を流し見したら、目が合って——ニコリ。この世のものとは思えない美麗《びれい》な笑顔がそこにあった。

……やべえ、所有欲が湧《わ》いてきちまう。

「イレーヌ、今後俺に向けての笑顔、禁止な」

「ご、ご主人様っ⁉」

「……禁止な」

しょぼんと落ち込むあたりがまた可愛いじゃねえか。まだ少女性の残る面影《おもかげ》とかも庇護《ひご》欲《よく》をそそる。肌の透明感といい、顔に似合わねえ豊満なアレといい、アイドルとしてやっていけそうなくらいの逸材《いつざい》だ。

ここが日本だったら俺はアイドルプロデューサーになって、イレーヌを売り出してるわ。握手券入りのＣＤとか出してボロ儲《もう》け街道をいきたい。ところであれって、もはやＣＤがオマケになってんじゃねえの？

それはさておき、村を出ようとすると、広場に人が集まっていた。昨日のオークションの客どもが帰るところだったらしい。

みんなの注目が一斉に俺らに集まった。奴隷商人が声をあげて近寄ってきたからだ。

「イレーヌ⁉　イレーヌなのか⁉　し、信じられん……あの怪我はどうしたんだ⁉」

一晩足《た》らずで快癒《かいゆ》したからな。ビックリ仰天《ぎょうてん》するのはいいけど、俺にツバ飛ばさないでほしい。

「あの、ご主人様に薬で治していただきました。汚染病のほうも完治したんです」

「なんと、顔だけでなく病気まで……。よほど貴重な薬をお使いになったのでは？」

「まあまあ、細かいことはいいじゃねえの」

そう言って奴隷商人をスルーすると、俺は二人を連れて、連中の中を堂々と通っていく。

「あれが昨日の……少女だと？」

「なんて美しい……」

「くそ、こんなことなら何としても競《せ》り落とすべきだった！」

「あんな美人を二人も……」

それはもうハンパない注目度だった。ここには金持ちお抱えの美人が大勢いるけど、イレーヌとクロエに比べればランクは落ちる。

それにしても……颯爽《さっそう》と村に現れ魔物を倒し、オークションで一番不人気の少女を競り落としたかと思えば、翌日にはダントツの美少女に生まれ変わらせた俺って、すげえデキるやつに映ってたりするんじゃないの？

もしかしてだけど、俺って本当はすごいやつなんじゃないの？

まあ、その実態は、邪竜崩れの借金まみれのヒモ男みたいなもんだけどな！

村を出てしばらくすると、遠くにシックスベアーを一体発見した。距離はまだ三十メートルくらいはある。

それを目にしたイレーヌが俺に告げる。

「ご主人様、私にお任せください」

「おう」

ちょうど実力を見たかったところだ。

イレーヌは背負った矢入れから矢を一本取り、弓につがえる。

手慣れていて、フォームが堂に入っていて美しい。弓道の知識がない俺でも、彼女の腕がかなりのものだと判断できる。

わずかな手ぶれさえなく射《い》られた矢は、魔物の眼球に見事突き刺さった。それが、まぐれではないとわかるのは、二本目もまた、残ったほうの目を射貫《いぬ》いたからだ。

あんな小さな的《まと》に楽々当てるとは……。

遠くのほうで、視界ゼロ状態にされたシックスベアーが悲鳴をあげている。こうなれば後は蜂《はち》の巣にするだけだ。しかしイレーヌはそこで弓を背中に収め、走り出した。敢《あ》えて接近戦を挑むつもりみたいだ。

おそらく、イレーヌも俺が試しているのを理解しているのだろう。

数秒で魔物の懐《ふところ》に入り込むと、跳躍と同時に顎《あご》を蹴り上げた。靴から飛び出ていた刃がシックスベアーの顎下《がっか》にぶっ刺さる。

戦闘終了。

当然のごとく無傷。

イレーヌはタタタと小走りで戻ってくると、不安げな表情で俺の顔色をうかがってきた。

「あの、私はうまくやれていたでしょうか？」

「………………合格」

「あっ、ありがとうございますっ」

イレーヌは小さくガッツポーズをとると、十分咲《じゅうぶざ》きの笑顔を俺に向けてきた。

あのよ……俺言わなかったっけ？

うっかり心が動かされちまう笑顔は禁止だって。

まぁ、天気いいから水に流すけどさ。

◇◆◇

あれから野宿を挟《はさ》み、ようやく街に着いたのは翌々日の午後だった。

地方都市グリザード。

王都には劣るらしいが、外から見てもかなり都会な印象を受ける。都市を守るために堅《けん》牢《ろう》な外壁があるあたり。ファンタジー世界のお約束って感じがする。

俺たちは南門からグリザードに入った。身分証のない俺とイレーヌは入場料を取られたが、まあ支払ったのはお馴染《なじ》みのクロエママだ。

中に入ると一気に活気に包まれた。

そりゃ東京なんかには負けるけど人も建物も多い。村からすると文化が発達してるんだなって肌で感じる。

ただ暑いからか、やたら薄着な人が多い。

「ここでの生活は森とは大きく変わると思う。キミなら大丈夫だと思うけれど……」

「まあな。やっちゃいけねえことくらいはわかる。あれだろ、幼女をデートに誘っちゃいけないよな」

「……う～ん、真っ先に出るのがそれとは」

「冗談だ、まずは宿探しでもするさ。クロエはギルドに？」

「森での一件を伝えておくよ。あと私は、『真光《しんこう》の戦士』というギルドに所属しているんだ。いつでも訪ねてきてほしい」

そう言うとクロエは、俺にジャラジャラと硬貨の音が鳴る袋を渡してきた。

「八万リゼ入っている。宿代も、イレーヌの服も必要だろうから」

「何から何まですまねえ。少し落ち着いたらお邪魔する」

もらいっぱなしも悪いので、残ってる竜の涙をクロエにやることにした。

クロエは礼を述べたあと、なぜか急に弱々しい顔つきになった。

「ぜったい、また会いにきてくれる……か？」

「？　おう」

イレーヌも悲しそうな顔をしている。

「クロエさん、私なんかのことを気遣《きづか》ってくれてありがとうございます」

「イレーヌ……頑張って。キミならぜったい……幸せになれるから」

「はい、クロエさんに神のご加護がありますように」

「ありがとう、では私は行くよ」

クロエはどこか物憂《ものう》げな表情で手を振り、雑踏《ざっとう》の中に消えていった。ずいぶん名残惜《なごりお》しそうだった。それはこっちも同じではあったけど。

俺は本当にクロエには世話になった。スライムたちのこと、この世界の常識について教えてもらったこと、そしてイレーヌの件。借金もすでに三十万オーバーだ。

足を向けて寝られないとは、まさにこのことか。俺の足は変な臭いするからなおさらだ。

しかし、あんな良い女なかなかいないぞ。さぞかしギルドのみんなから愛されてるんだろう。

感謝しつつ俺はグリザードを探索する。

とりあえず最初に見つけた服屋でイレーヌの服を購入し、着替えさせた。

大量生産の技術がないのか、服は思ったよりも高かった。冒険者用の質の微妙な軽装を選んだのだが、約二万リゼも持っていかれた。

とはいえ、あのピチピチの貫頭衣じゃ視線を集めすぎるので仕方ない。

にしても、都会なだけあって店も雑多《ざった》で豊富である。武器屋なども数店はあるみたいだ。

酒場などの場所もわかった。一通り街並みが頭に入ったので、大通りから一本入った裏通りを覗《のぞ》いてみた。

店の前に出ている、いかがわしい雰囲気の漂《ただよ》う看板を漏《も》れなくチェックしていく。「天使の宴《うたげ》」「神秘の絶蝶《ぜっちょう》」「妖精の戯《たわむ》れ」。

ほー、なるほどなるほど……。後ほど訪れるであろう場所なので、しっかりと場所を覚えておく。

「ご主人様？」

イレーヌが首を傾《かし》げたまま見つめてくる。

うおっ、やっちまった！　つい立ち止まってニヤニヤとしちまったようだ。

「何でもない。行くぞ」

気を取り直して歩き出す。日が落ちる頃には、宿屋を見つけることができ、さっそく入った。

すると、中に入るなり怒鳴り声が聞こえてきた。

「だからよォ！　巨大蜘蛛《ぐも》が三匹も出たって言ってんだ！　ちゃんと掃除もしてねえくせ

に満額《まんがく》取ろうなんざおかしいだろうが！　半額、いや三分の一にまけろや！」

「お、お客さん、うちではきちんと掃除はしてるんです。三匹も、巨大蜘蛛が出るはずが……ないんですよ」

「ああ？　じゃあ俺が嘘ついてるって言いてえのか‼」

「そうは言ってませんが……」

気の弱そうなおっさんが、帯剣《たいけん》したチンピラに絡《から》まれている。おっさんのほうが店主で、チンピラが客だろう。

巨大蜘蛛が出た出た言う割には、証拠はないみたいだが。店の中も見た感じ掃除が行き届いているし、不潔な印象はない。

十中八九言いがかりだろう。

しかし他の客たちはチンピラを止めようとしない。面倒事に巻き込まれたくないらしい。その気持ちには激しく同意するが、このままだと俺が宿に泊まれねえ。仕方なく、俺は仲《ちゅう》裁《さい》に入る。

「おいあんた、その辺にしとけって」

「あ？」

チンピラのターゲットが俺に変わった。ヅカヅカ近づいてきて俺の胸ぐらをつかみ、メンチ切ってくる。うえ、肌汚いぞこいつ。

「てめえ今俺に言ったんか？」

「毒蛇が出たわけじゃねえなら、許してやろうぜ」

「なにが許してやろうぜ、だボケ。そう思うならてめえが金出せ」

「わかった、じゃあゲームをしよう。闘って先に尻餅《しりもち》ついたほうが負けな。俺が負けたら宿代を払ってやる。その代わりおまえが負けたら自分で満額払えよ」

「おもしれー。やってやろうじゃねーか」

「ルールだが、そっちは何でもありで。俺はここから動かねえし、おまえにも触らないからよ」

チンピラは圧倒的有利の条件に初めは勘《かん》ぐっていたが、元が単細胞なので、すぐに下卑《げび》た笑みを浮かべて乗ってきた。イレーヌが俺の身を案じていたので、手を出すなと強く命令しておく。だって矢筈《やはず》に手をかけていたから。

チンピラは腰から剣を抜くと、ペロリと剣身を舐めてイカれた表情を披露《ひろう》する。

「別に殺《や》ったりはしねえ。けどバカに付ける薬はねえからなぁ」

などと言いつつ上段に構えるチンピラ。今の言葉をそっくりそのまま返してやりたい。

凄まじく余裕ぶってるのがムカついたので一瞬で勝負を終わらせることにした。

俺はチンピラの首を力任せにもぎ取り、胴体から分離させる——そんなイメージを作り、実際一秒後には実行できることを言外《げんがい》に伝えた。

要するに、殺気を放ったというわけだ。

邪竜時代、あまりにも戦力差がありすぎる相手に時々使っていたものだ。ライオンに目の前で威嚇《いかく》されたら、一般人は身がすくむ。動物園で飼育されたライオン相手ですらそうなる。

俺が今使ったのはそれと似た類《たぐい》のものだ。威圧とか殺気とか言うんだろうけど、俺は勝手に「覇気《はき》」と呼んでいる。……別に某《ぼう》マンガに影響を受けたわけじゃない。

で、俺が覇気を使うと――ガシャシャシャン‼

食堂のほうからいくつも食器を落とす音がした。俺の覇気がこのフロア全体に波及《はきゅう》して、料理人が驚いて皿を落としてしまったのだろう。

その場に立ってるやつもほとんどが腰を抜かしてヘタリ込んでいる。辛《かろ》うじて無事なのはイレーヌと、従業員らしき女だけ。

チンピラはどうなったかって？

股間《こかん》を濡《ぬ》らして口ぱっくぱっくさせてるわ。おめーは餌《えさ》もらうときの鯉《こい》かよ。

「俺の勝ちってわけだな。もちろん――払うよな？」

軽くにらみつけてやるとチンピラは何度もうなずいた後、カウンターに金を置いて逃げるように宿から出て行った。静かになりすぎたホールで俺は言う。

「シングルで一泊頼むわ。食事は二人分で」

「や、や、夜食付きですととと、四せ、千リゼになりますすす」

店主はビビリすぎて上手くしゃべれないらしい。なんかやりすぎちまった感がひどい。すまんね。

とりあえず宿帳に記入して、四千リゼ先払いして二階の部屋に向かう。

荷物を置き一階に戻ると、さっきは満席に近かった食堂がガラガラだった。

「あはは、みんな部屋で食事するって引きこもっちゃってさ～」

従業員の女が陽気な口調で話し、食事をテーブルに並べていく。二十代くらいの結構綺麗な女だ。胸が小さめなのが少し残念か。

「宿帳見たよ、ジャーさんとイレーヌさん。あたし、メルリダね」

「おまえは俺が怖くないみたいだな。地味に嬉しいわ」

「さっきはちょっとビビったけどね。悪い人じゃなさそうだから。……エロそうだけど」

「ぐう、残念ながらその解釈で間違ってねえと思う。できれば今隠れている店主にもよろしく伝えてほしい」

「あはは、りょうかーい。じゃあこれ冷めないうちに食べてねー」

ずいぶんと軽いノリでメルリダはそう言うと、奥へ引っ込んだ。その後ろ姿をじっと見送ったイレーヌが口を開く。

「メルリダさん、すごい歩行術ですね」

「歩く音がしないもんな。ついでに言うと気配も消せるみたいだぞ」

人型になって五感は鈍《にぶ》ったが、それでも俺は並のやつよりは耳や気配察知能力が高い。

エルフであるイレーヌもそうだ。そんな俺たちでもメルリダの足音は聞き取れなかった。

わざとなのか癖《くせ》になってるのか。

ちなみに、俺の覇気を受けてヘタらなかった従業員ってのがメルリダだ。

そして俺がチンピラに覇気を使うハメになった一因は――あいつにある。

チンピラがいちゃもんを付けてきたとき、あいつは目に尋常ならざる殺気を宿らせていた。俺がああしなければチンピラは遅かれ早かれ……殺されていただろう。

思考の後半は口に出していたらしく、イレーヌが俺に言う。

「ご主人様はやっぱり優しい方です」

「んなことより飯だ、飯」

熱した石の器の上でジュージューッと分厚《ぶあつ》いステーキが焼けている。肉汁も溢れんばかり。お情《なさ》け程度にだが野菜も添《そ》えてあるあたり、健康への心遣いが感じられる。

主食は黒パンだった。ここは白米が出てきてほしかったけど贅沢《ぜいたく》を言っちゃいけねえな。

あとは紅茶みたいな色したスープ。いや、実に美味そう。

さっそくいただこうとして気づく。ジッとイレーヌがこちらを見つめていることに。

「食わねえの？」

「えっと、ご主人様から許可をいただいていませんので」

おまえは「待て」をされた犬かっ。

「あのよ、別に俺が許可出してなくても飯くらい勝手に食っていいぞ。俺ってばフリーダムな男だから、細かいことは気にしねえの」

「ご主人様はお心が広いです。私は本当に幸せ者です」

おべっかなのか本心なのか区別がつかないからタチが悪い。一片の曇《くも》りもない笑顔なんだけど、女ってのはガキの頃から妙に演技が上手いからな。

とにかく俺が先に一口食べないとイレーヌも食べなそうだ。頑固《がんこ》か真面目か。

……思った以上に美味だった。肉が予想よりずっと柔らかい。ちょっと高めの牛肉って感じだろうか。歯がすんなり肉に沈んでいく。

そして肉質より注目するべきは、かけられているタレだ。

この甘みのあるタレが肉の旨《うま》みをひきたてている。まさか異世界でこんなレベルの料理に出会えるとは。

スープのほうもなかなかいける。コンソメ風であっさりしていて、肉に疲れたときにいただくと口の中がリフレッシュする。パンについては特にコメントなし。

ふと見ると、イレーヌも夢中でほおばっていた。よく見りゃまだまだ体細いからな。今まで最低限の食事しかとらせてもらえなかったのだろう。

……それでこの胸かい。

栄養たっぷりな食事を与え続けたらどうなってしまうんだ。しかもまだ十四歳。絶賛成長中。将来が楽しみなような怖いような。

……俺には関係ないか。

「味はどうー？　店長が助けてくれたお礼にお代わりタダでいいってさ～」

奥からメルリダがやってくる。

「ぜひ頼む。あとよ、これって何の肉なんだ？」

「あーそれはねー、トロルの肉だよ」

「トロルって」

「うん、魔物」

おえっ。

◇◆◇

部屋はシングル。

ベッドは一つ。

なのに、泊まる人は二人。

なぜ俺がツインでもダブルでもなく、このシングルを選択したのかというと――。

同衾《どうきん》するためである。

イレーヌが不思議そうに尋ねる。

「ご主人様、私は床でいいんですよ、ね？」

「いやベッドだな」

「じゃ、じゃあご主人様は……」

「ベッドだな」

何を想像しているのか、急にソワソワとし出すイレーヌ。

あのね、違うのよ……すごく変な方向に勘違いしてるからな。同衾っていっても、別にヤらしい意味じゃない。本当にただ一緒に寝るだけだ。

「わ、私、うまくできるか自信がないですけど……せ、精一杯がんばらさせていただきます」

「うん、違うぞ。そういう意図じゃなくて」

「えっと、……それじゃあ」

「男慣れするために一緒のベッドで寝るだけな。俺がおまえに手を出すことは絶対にないから」

「そう……です……か……」

まるで世界の終わりが来たかのような顔だ。

きっとイレーヌには、俺が病気と怪我を治してくれた聖人にでも見えているんだろう。

今の俺は性人のほうが近いのだが……。

ともかくこれ以上好意を寄せられても困る。早めに男慣れしてもらって、旅立ってもらわなくては。

「無理して触れようとか思わなくてもいい。苦しかったらベッドから出てもいい。自分のペースでな」

ランプの明かりを消し、二人でベッドに入る。イレーヌが顔の向きを俺に固定してくるので、気まずくなって背中を向けた。

時が流れる。

疲れからか満腹感からか、意外に早く隣《となり》から安らかな寝息が聞こえてきた。

俺は起こさないよう部屋を出て、夜の街に繰り出した。


人型になってからというもの非常に困っていることがある。

邪竜時代と大きく変わってしまったことがあるのだ。

食欲と性欲。

邪竜のときは、水さえ飲んでれば食事は月に数回、適当な果物を摂取《せっしゅ》するだけで十分だった。肉とかも必要がなかったし、食べたいとも思わなかった。超燃費の良いハイブリッドカーって感じだろうか。

それが人型になってからというもの、やたらと腹が減る。もうグーグーとうるせえの。でもまあ、こっちはそれほど問題じゃない。おいしい食事を山ほど楽しめるなら最高じゃねえか。

問題なのは、性欲が尋常じゃなく高まったということだ。

竜のときは達観《たっかん》した仙人かと思うほど性欲を感じなかった。常時賢者タイム。ムラムラすることはなく、たまに水浴びしてる女性を空から発見しても、「風邪《かぜ》ひくなよ、お嬢《じょう》さん」と軽く流していた。いわゆる一つの完成体だったのだろう。

それが今はどうだ。

中学生時代に戻ったかのようだ。いや、あのときよりもずっと酷い。

ちょっとセクシー女が横を通り過ぎようものなら、後ろから抱きついてしまいそうになる。これじゃタダの変態。自分で自分が怖い。

正直、さっきもヤバかった。「俺はおめーにゃ手を出さねえ!」的なことをホザいておきながら、何度イレーヌにむしゃぶりつきそうになったことか。

情けねえ……情けねえよ。どれもこれも性欲のせいだ、チクショウめ。

空が飛べない。戦闘力ガタ落ち。これくらいは我慢できる。けど、けど、このコントロールできねえ煩悩《ぼんのう》だけは笑い話にできねえ。

強烈な性衝動はガチで深刻な問題だ。大抵エリートが失敗するときは下半身絡みだという。教師が無職に成り下がるときも似た理由らしい。いっそ去勢《きょせい》してしまおうとも思ったが、やっぱりイヤすぎる。

なら結論は一つ。

正常さを保つため、イレーヌの純潔を守るため、適度に発散するしかあるまい。


ということで、俺は数時間前に下調《したしら》べしておいた店にたどり着いた。

「天使の宴」という建物の前で、俺は一度立ち止まる。

……そういや、リーマン時代もこうだった。給料が入ると、俺はプロの女性たちの店に足繁《あししげ》く通っていた。

もっとも俺は、O（おっぱい）D（だいしゅき）N（にんげん）だったので、本番なしのそっち系パブが多かったけど。

「あの頃に戻ったかのようだ……」

退化してるのが悲しいが、これも賢者に戻るための修業なのだ、うん。

俺は扉を開けた。

二時間後に店を出ると、俺は早足で次の目的地へ向かった。

俺はとんでもない思い違いをしていたようだ。

一度発散させれば、スッキリ賢者モードに入れるだろう。そう考えていた。

愚《おろ》かさ百パーセント。

むしろ食べ始めたら止まらないスナック菓子のごとくハマってしまった。導火線に火がついてしまった状態だ。

続いて、「神秘の絶蝶」と書かれた看板を発見するなり、俺は迷いなく店に突撃していく。


さらに二時間後、俺はべつの店にいた。亜人の女性たちが相手をしてくれるという娼家《しょうか》の一室で、布団にあぐらをかいている。

ここは「妖精の戯れ」という名の店である。

グリザードの都市は昔のヨーロッパに似た造《つく》りをしている。しかしこの建物には、なぜか和のテイストが大いに盛り込まれていた。

部屋の出入り口は襖障子《ふすましょうじ》、床は畳、そして寝具もベッドではなく布団。八畳ほどの部屋には掛け軸《じく》があり、花を生けた瓶があり、良い匂いのお香《こう》がたかれている。

すげえ落ち着く。日本が恋しくなるな。

「失礼します」

襖《ふすま》の向こうから声がする。

店員が言うには、本日入ったばかりのピチピチ新人のダークエルフらしい。鮮度がいいのでオススメと言われて、つい指名してしまった。

襖があき、ベビードール姿の色気たっぷり女が現れる。

体はODNの俺をも黙らせるほど立派だが、はてさてご尊顔《そんがん》のほうは…………ハイ？？？

「ご指名ありがとうございます。ダークエルフのスミラと申します」

「……なん、で、ここ、に？」

「あら、貴方は……」

俺たちは互いに見つめ合って数秒固まる。別に友達じゃない。会話したことすらない。けれど顔だけは知っている。

この蠱惑《こわく》的な女は、例の奴隷オークションで一番最初に商品として登場した女だからだ。

「おまえ、あのタヌキ……じゃなくて金持ちの奴隷になったんじゃ」

「ええ。あの方の命で、今日からここで働くことになりまして」

「あ～、そういうのってアリなの？」

自分の奴隷を娼婦《しょうふ》として働かせる。裏技かよ。

でも考えてみりゃ、一緒に魔物狩ったりするよりよっぽど安全だ。奴隷だけでダンジョンに潜らせて死なれる心配もない。そりゃ色っぽいというだけで高値で売れるわけだよ。と思ったが、それをやるには条件があるらしい。そもそも奴隷商人がそれをやることは法で禁じられている。そして――。

「奴隷証紋がついていない奴隷に限り、可能なんですよ」

なるほど、確かに体に紋があったら客側の気分は良くない。他人の奴隷を借りてる気持ちになってしまう。まあ、俺は全然気にしないが。

「じゃあ、あんたの主人はここで働かせるために紋を入れなかったのか」

「そうなりますね」

「……逃げようとか思わねえの？」

「ふふ」

スミラは微笑むだけで答えなかった。あのタヌキもバカじゃなさそうだし、何か手は打ってあるのかもしれない。

むしろ何の手も打ってない俺のほうがバカなんじゃ……などと思ってると、スルッとベビードールが床に落ちた。

全裸になったスミラに羞恥心《しゅうちしん》はない。それどころか顔には淫猥《いんわい》な笑みが貼《は》りついている。

「ここだけの話、私貴方のこと気になってたのよ。すごく好みなの。今日は二人で心ゆくまで楽しみましょう」

妖艶《ようえん》の海に俺はあっという間に呑み込まれた。

スミラのおかげで、俺の欲望の炎は無事鎮火《ちんか》した。

いろいろとすごい女だった……。どうすごいかって、口では説明できない。

外はもう朝日が昇り始めていた。

まだ朝方だってのに、果物を売り始める仕事熱心なやつがいる。俺は一つ購入しようとして愕然《がくぜん》とした。

残り所持金……五百リゼだと？

一晩で六万弱溶かしちまった……。俺ってやつは……俺ってやつは…………。

地面に四つん這《ば》いになって落ち込む俺に、露天商《ろてんしょう》が迷惑そうな顔で言う。

「おい兄ちゃん、邪魔なんだよ」

「うるせえ……」

「なら、俺のほうからどいてやっから、リンゴでも買えよ」

「……いくらだよ」

「五百」

「高けえな！」

「高級なやつなんだよ。騙されたと思って食ってみ」

「もうヤケクソだ、バーロー」

自棄《やけ》になって、なけなしの金を男に渡す。そして一見どこにでもあるようなリンゴをかじり――。

騙された。

俺は一文無しのスッテンテンになった。

9　ゴブリンに転生しなくてホント良かった

所持金がゼロ。

快楽に溺《おぼ》れた結果がこれだ。俺はもう、ああいった店には行かないと決めた。

それはいいとして、金がないのはマズい。またクロエに金を借りにいこうか。いや、いくら何でもそれはカッコ悪すぎる。だいたい金がなくなった経緯を説明しろと言われたら困る。恥ずかしい。自分でどうにか稼ぐしかない。

「申し訳ないんだけど、今日朝飯抜きで……」

「私、朝ご飯は抜きたい派なので平気ですよ」

キュゥ～～。

そう言った直後に奏《かな》でられたのは、イレーヌの腹の音。

イレーヌは心底慌てた様子で、手をわたわたと振る。

「い、今のは違いますよ！　おなかの調子が悪くて鳴っただけですからぁ！」

「すまねえ、すまねえ……」

「大丈夫です、ぜんぜん大丈夫ですからっ」

「……魔物退治して素材売ろうと思うんだけど、売る場所わかる？」

「役所や冒険者ギルドで買い取ってもらえるそうですよ」

「そうか、じゃあ行こう」

身支度《みじたく》を整えて俺はイレーヌと宿を出た。文無しなので朝食は抜きとなる。正直、イレーヌに申し訳なくて目を合わせられない。

宿を出て歩いていると、イレーヌが静かな口調で尋ねてくる。

「ご主人様、昨夜はどこかへお出かけでしたか？」

うっ、やはり来たか。一体どう説明すべきだろう。さすがに真実を言ったら呆れられちまう。ギャルゲーだったら好感度メーターが一瞬でゼロになるレベル。

……待て待て。別にイレーヌの好感度が下がったからなんだっての？　むしろ俺としてはそっちのほうが好都合なんじゃないの？　よし。

「夜のパトロールってやつ？　街の治安が気になったんで見回りしてたな」

「そうだったんですか。夜中いないのでびっくりしました」

「悪いな……」

なんで嘘を吐く？　軽蔑《けいべつ》されるのが怖かったのか？　イレーヌに好かれたいとでも思ってるのか？　違う、単に自分の失敗を口にしたくなかっただけだ。

悶々《もんもん》とした気持ちを抱えながら街の外へ。ゴブリンが生息するという平野まで足を運んだ。ゴブリンは繁殖力が高いことで有名で、この辺じゃポピュラーな魔物らしい。

爪が胃薬を作る際に役立つらしく、需要《じゅよう》はそこそこ高いと。

ここは見晴らしが良く、遠くにゴブリンの集団らしき緑の塊を視認できた。

「お、あれか」

「四匹いますね」

ゴブリンは基本的に群れで動く。

身長は一メートル二十から三十程度。肌色はヘドロにも似た濃緑、鷲鼻《わしばな》で耳がとがっていて醜《みにく》い。四匹とも棍棒のような武器を所持していた。

あっちもこちらに気づいているが、逃げる気配はない。やつらの面構《つらがま》えから何を言っているのか勝手に翻訳させてもらうと「やんのかワレェ、ぶっ殺すぞ！」みたいな感じ。

「射《う》ってもいいでしょうか？」

「やっちゃって」

俺も剣を抜いて万一に備《そな》えておく。

強く引き絞られた弓から初撃が放たれる。彼我《ひが》の距離などなかったかのように、ゴブリンの眉間《みけん》に矢が深く食い込む。相手に何一つ動作を取らせなかった。初めて見たときから思っていたが、矢の速度が抜群《ばつぐん》に速い。

そして狙《エイム》いも的確かつ迅速《じんそく》で、矢を構えてから間をおかずに行射《ぎょうしゃ》する。技術も相当なんだが、俺がすごいと思うのは、呼吸が一切乱れないところだ。

こういうのが俗に言う、メンタルが強いってやつなのだろう。

結局ゴブリンどもは、こっちとの距離を大して詰めることもできず屍《しかばね》になった。俺が拍手して褒め称《たた》えると、イレーヌは両頬に手を添えて体をくねくねさせる。軟体《なんたい》動物みたいでなんかナゴむ。

さて、後に残った俺の仕事は単純。

死んでいるゴブリンさんの五指を剣で斬り取るだけ。グサッグサッと適当に斬り取っていく。爪の部分だけ気をつけりゃそれでいいのだ。黒袋に素材をぶちこんで次の獲物を探す。

八体のゴブリンが木の周りに群がっている。どうも枝にいるリスを捕まえようとしているらしく、こっちに気づいていない。

奇襲的にイレーヌが次々に倒していく。俺は横でそれを眺めているだけだ。

なんだこの緊張感のなさは。マンガや映画で見る戦闘はもっと緊迫感《きんぱくかん》のあるやつだった。生きるか死ぬか！　おああああああ‼　みたいな。

でも今は、呆《ぼう》としてるだけで、敵の数がどんどん減っていっちゃう。ゴブリンは超雑魚ってわけではない。イレーヌが強すぎるってことだな。とはいえ、俺も何かしたくなってきた。

近くに落ちていた手頃な石を拾う。

「あ、ストップストップ。あとは俺がやっから自重《じちょう》して」

「あっ、はい」

つーかもう三体しか残ってねえな。まあいいや。

矢の嵐が止み、憤怒《ふんぬ》の形相《ぎょうそう》で向かってくるゴブリンに狙いをつけ――投石。

額に風穴《かざあな》が空いた。走行中のゴブリンは、何が起きたのか理解できないまま派手に転倒。おだぶつ。いい感じだ。二匹めのゴブリンはなかなか勘が良く、とっさに腕をクロスして俺の投石から身を守ろうとした。もっとも腕を余裕で貫通して、やっぱり脳味噌を破壊してしまったのだが。

ラスト一匹は仲間が全員やられたせいで完全に怖《お》じ気《け》づき、回れ右して逃走を図《はか》る。無論逃がさん。背中が見えるくらい大きく上半身を捻《ひね》る、トルネード投法で俺は石を放った。

逃走するゴブリンの後頭部に当たると、前頭部から石が飛び出していく。

おお～、予想以上に投石使えるなー。この技は拾った石を使えばいいだけだから金もからない。貧乏な俺にはうってつけじゃないか。

イレーヌが興奮しながら近寄ってくる。

「かっこ良かったです！」

「そう？」

「特に最後の、珍しい投石の仕方でしたね」

「トルネード投法っていうんだ」

「背中を見せるので発射までの時間は遅れますが、ああすることによって石のリリースポイントをわかりにくくするんですよね。相手からするとタイミングが取りづらく、どこを狙われているかもわからないから反応が遅れる。ご主人様の投石速度で、一瞬のためらいは命取りです。完璧に計算された投法、お見事でした」

「？　お、おお、そうそう、そんな感じ」

単にかっこつけてやったとか言えねえ空気だわ……。っていうかゴブリン逃げてたし、こっち見てないよね？

あとイレーヌ、野球解説者の才能があると思う。

ともかく、戦闘を終えた俺たちは、すみやかにゴブリンの爪を回収していく。その後も十体近くゴブリンを狩った。そうしてだいぶ素材が集まったところで引き上げることにしたのだが……イレーヌが足を止め天を眺めている。

瞳は、俺たちの頭上の空でグルグルと周回する鳥に定められていた。

「あの鳥、ずっと飛んでるよな」

俺がつぶやくと、イレーヌはその鳥を目で追いかけながら教えてくれる。

「クルル鳥といって、とても狡猾《こうかつ》ですばしっこい魔物です。死体漁《あさ》りのために、戦闘を察知するとああやって頭上を飛び回ります」

「カラスの上位種みたいなもんか。高く売れるのか？」

「はい、肉がとてもおいしいことで有名なんです」

へー、食ってみたいな。物は試しと投石してみたのだが、普通にかわされてしまう。高度が高く、飛行速度もあるので当てるのは至難《しなん》のわざだ。

名手イレーヌが矢筈に手すらかけないわけだ。

「あれは無理だろうな。今日は十分働いたし帰ろう」

「そうですね」

諦めも肝心《かんじん》。俺たちは街に戻ると、住民にギルド「真光の戦士」の場所を教えてもらい足を運んだ。

換金《かんきん》ついでにクロエに会おうと思ったが、あいつは魔物退治にでかけてしまったらしい。ある程度蓄えはあるはずなのに、どうしてそんな頑張るのか。クロエを見ていると、時々日本人のことを思い出してしまう。過労死しないといいが。

ゴブリンの爪の買い取り額は、一つ百五十リゼだった。一体分でおよそ千五百。新米冒険者なら死ぬこともある魔物でそれは安い。

この世界は人の命の価値が低いから、足下見られてるんだろうか。

でも合計で三万三千リゼもらったから文句は消えた。まだ宿に戻るのは早い。適当に街をブラついた。すると通りにいた絵描きらしき若い男に呼び止められる。

「ちょっとちょっと、よかったら絵のモデルになってくれませんか⁉」

イレーヌに惹《ひ》きつけられた輩《やから》らしい。ベレー帽斜《なな》めにかぶってるし、なんか信用できねえわ。

俺は断ろうとしたが、イレーヌがワクワクした顔でこっちを見ている。

「まさかモデルになりたいのか？　……絵は何分で完成するわけ？」

「時間は取らせません！　三十分、いえ二十分で描き終えてみせます」

ギリ待ってられるな。

「わかった。じゃあモデルやってこいよ」

「いえ、ご主人様も一緒に」

「そうですよ、せっかくの美男美女なんだ、一緒に絵に収めないともったいない」

どうもモデルには俺まで入っていたらしい。ぶっちゃけ面倒くさいけど、まあ、しょうがねえのかな。何事も経験というし。

俺は用意された椅子にイレーヌと並んで座る。二十分も同じ姿勢を維持するのはすごい疲れた。あとたまに野次馬が寄ってきてちょっと恥ずかしいなこれ。

「できましたっ！　見てください」

これで下手くそだったらくすぐりの刑に——普通に上手いな。鉛筆で描かれた絵なのだが、俺とイレーヌの特徴を良くとらえている。

どこかふてぶてしい野郎と微笑ましい少女。芸術っぽい。

「なんだ、上手いじゃねえか。いくら？」

「いえいえ、お金なんていりません！　こちらこそこんな機会は滅多《めった》にありませんからね、ぜひ受け取ってください」

「ごご、ご主人様、私がいただいても」

「どうぞどうぞ」

イレーヌは丁寧《ていねい》に紙を丸めると、それを自分の子供でも扱うように、愛《いと》おしそうに胸に抱いた。

そんなに嬉しいもんかね。大金の詰まった財布だったら、俺だって同じようにするんだけどな。

◇◆◇

早朝、妙な感覚で目を覚ました。

両手が——熱い。まるで体内の血がたぎっているようだ。

「何なんだよ、これ」

特に変な物は食ってない。変なこともしてない。寝ぼけ頭で二分くらい考えてみる。そういえば……人化したときの感覚にどことなく似てるな。

まさか今度は竜に戻るパターン？

そう推測したのに、いつまで待っても変化は始まらない。試しにイレーヌを起こさないくらいの小声で言ってみた。

「戻れ」

俺の両手は凶爪《きょうそう》付きドラゴンハンドになりました。

マジか⁉

超硬質の皮膚に覆われた、懐かしい白銀の手！　これは感動を禁じ得ない。といっても、変化したのは手首から先だけだが。

これじゃあ、どっかの地獄先生の鬼の手じゃねえか。

それにいくら何でもアンバランス過ぎる。これで人間社会を生きてくのは、ちょっと難しいし恥ずかしい。握手もできん。救いは体に合ったサイズになっていることか。

「戻れ戻れ戻れ、あ、人間の手にな」

おぉぉ……意外にあっけなく人の手に戻った。せっかくなので何度か試してみる。結果、別に声に出さずとも念じるだけで変化させられると判明した。

「これは便利だな」

俺の竜爪《りゅうそう》は単純に攻撃力が高い。加えて遅効性《ちこうせい》の神経毒があるので、戦闘でも役立つだろう。ちなみにこの毒は俺のほうで調節でき、ほぼ無害のレベルまで弱められる。

あ、でも戦闘スタイルはどうすりゃいいんだ？　両手とも竜手でゴリゴリ攻める？　もしくは剣を握り……って、意味ないな、物を握るなら人の手のほうが優秀だ。

右手に剣を持って、必要に応じて変化させていくか。どうせ一瞬で変えられるしな。ただあんまり人には見られないよう気をつけよう。

あと、まだ朝早いので二度寝しよう。

◇◆◇

しばらくして目を覚ました俺は、昨日稼いだとはいえ所持金がまだまだ心許《こころもと》ないということで、また魔物退治に向かうことにした。今日は、昨日より多くのゴブリンを倒すと決めていた。

さっそくゴブリンが現れた。今回はやたら数が多くて十数体で群れている。近くにゴブリンたちの棲む大きな集落でもあるんだろうか。

「遠距離だけじゃキツいな。俺が斬りにいくからサポート頼む」

「はい！」

俺はイレーヌの返事を聞くと、聖剣を右手に、ゴブリンの集団に突っ込んでいった。

そして、いきなり跳び膝蹴りで先頭にいたゴブリンの顔面を潰し、着地と同時に剣を右に薙《な》ぎ払う。ゴブリン二体の首が仲良く飛んだ。

すぐ近くにいたやつが奇声をあげながら向かってきたので、唾を吐き飛ばして目を潰してやった。そして、ひるんだ隙《すき》に脳天から剣を振り下ろす。

さらに肉体が縦に割れたゆえに生まれた間隙《かんげき》にすかさず剣を突き入れ、奥に立っていたもう一匹の心臓を穿《うが》つ。

「ギィェ‼」

背後から忍び寄っていたゴブリンが、棍棒をフルスイングしてきた。

俺は左手を竜手《りゅうしゅ》に変え裏拳《うらけん》。木の棒と手の甲が衝突。圧倒的余裕で俺の勝利。へし折れた武器を見て動揺するゴブリンの目玉に、竜手の人差し指を差し込む。

眼球を貫き脳まで達した。これで六匹を始末。ここまではイージーすぎたが、ゴブリンたちも伊達《だて》に集団で生きてはいない。瞬時に目配《めくば》せをすると、俺を中心に東西南北の位置を取った。

今まで倒したのは棍棒所持だったのに対し、こいつらは四匹とも錆《さ》びた銅剣のようなものを手にしている。拾い物かまたは強奪《ごうだつ》した物か。どっちでもいい。

四匹は足並みを揃え、一斉に攻めかかってきた。一様に突きの構えを取っている辺りなかなかの知能の高さが窺《うかが》える。

一見逃げ道がなく、剣の達人でも難しいシチュエーションだ。

俺はタイミングを見計らって、その場で宙返りを行う。この肉体なら百三十センチ前後のチビの頭上くらい余裕で跳び上がれる。

ゴブリンはいきなり標的を失って焦るが急ブレーキがきかず、仲間同士で正面衝突。

何とか刺し合いは避けたようだが、痛そうに地面でジタバタもがく四匹。隙だらけなんてもんじゃない。もはや隙しかない。俺は素早く確実に仕留めていった。

視線をイレーヌのほうへ向ける。三匹がイレーヌ目掛けて、突進しているところだった。

しかしその瞬間、高速の矢がゴブリンの頭に食い込んだ。これで残り二体。

その二体はだいぶ距離を縮めており、イレーヌも蹴技に切り替えざるを得ないようだ。

　ゴブリンは的《まと》を絞らせないように、左右に分かれて攻め込んでくる。少し、マズいか？

　俺は死体から棍棒を奪うと声を張る。

「おまえは左をやれ！」

　イレーヌがうなずいたのを確認し、俺は右のゴブリンへ棍棒を全力で投擲《とうてき》する。棍棒は風車みたいに高速回転しながら、ゴブリンの後頭部を直撃しゴッと鈍い音を出した。イレーヌも足の刃で、残る一体の喉元をかっ切った。

　お互い怪我を負うことなく、敵の一掃に成功した。俺はイレーヌに声をかける。

「お疲れ」

「お疲れ様でした」

「ずっと気になってたんだけど、弓に細工《さいく》してんの？」

「してませんよ？　あ、でも私、弓魔法を使っているので」

「魔法使えたのか？」

「はい、弓魔法だけですけど。魔力で速度を速くする風の矢、貫通力を上げる土の矢。あとは炎の矢、雷の矢などが使えます」

　なるほど、昨日からずっと風の矢を使っていたってわけな。俺も魔力はあるらしいので、そのうち魔法とか覚えておきたい気もする。

　この周辺は基本、陸上型の魔物はゴブリンしか出ないので、楽勝ムードで爪を集めていく。今はゴブリンの繁殖期らしく、狩る相手には困らなかった。

一段落ついて、イレーヌが言う。

「ご主人様、訊きたいことがあるのですが」

「いいぞ」

「ご主人様はサイクロプスという魔物を知っていますか？」

「あぁ、一つ目のやつだろ。俺あいつ嫌いなんだよ」

「どうしてですか？」

「凶暴だし、誰かれかまわず襲うだろ。急になんで？」

「いえ、特に意味はありません……」

イレーヌがうつむく。どことなく様子がおかしい。俺は思いつきを口にする。

「ああ、そうか。おまえの故郷を滅ぼしたのがそいつなんだな」

「……」

なんかの拍子《ひょうし》に思い出してしまったのだろう。

「おまえさ、いろいろと少し無理しすぎだろ。辛いときは口にしたほうがいいな。十四歳の女なんてのはさ、もっとフワフワしてて、夢に夢見て恋に恋しちゃうような生き物だぞ。少なくとも俺の国ではそうだった。適度に力抜くことも覚えろよ」

「ご主人様……」

俺はイレーヌの頭をゆっくりと撫《な》でてやった。最初の頃に見せた拒否反応は、今ではもう面影もない。イレーヌは気持ち良さそうに俺を受け入れている。

しばらくサワサワと触り続けた。サラサラとした金糸のような細い美髪《びはつ》。この触り心地が最高なのだ。

慰めるつもりだったのに、俺の手が癒され始めてるんだけど。

イレーヌが不思議そうな顔をして尋ねる。

「私の髪、変ですか？」

「全然。質がいいと思うぞ。変わってるのはむしろ……」

そう言って俺は、髪の間からちょこんとはみ出た、とがった耳の先端に触れる。

「はぅ、ぁあっ……」

大げさにイレーヌが反応する。びっくりしたのか、それとも耳は敏感《びんかん》なのか。エルフ研究のつもりで、さらに耳の縁《ふち》をツツーと指でなぞってみる。

「くふんっ、やっ、ちょ、ご、ご主人様⁉」

「……」

続けて、むにむにと優しく揉む。

「ううっ、あうぅ」

イレーヌが頬をほんのりピンクに染める。困ってるらしい。しょうがないのでやめてあげることにした。

「あ、やめちゃうんです……ね……」

なぜか残念そうな顔をするイレーヌ。そういうことなら、やっぱいじり倒すわ。

「あうん、はうっ！」

◇◆◇

青空の下、二人で向かい合って変なことをしているやつらがいる。

俺とイレーヌのことだが。

俺は未だにイレーヌの耳をいじり倒していた。人間でも耳が弱点の女性は多いというが、エルフの感度はもっと鋭敏《えいびん》なようだ。反応がカワおもしろい。しばらく遊んでいたら「AHO、AHO」という甲高《かんだか》い鳴き声が聞こえてきた。

見上げると、クルル鳥が頭上を飛んでいた。見た目は茶色くなったカラスといった感じだ。あれでも一応魔物らしい。

昨日と同じように、あいつは旋回《せんかい》飛行してい……あ？　なんか落ちて……。

「うわっ⁉　きったねえ！」

ボタボタと上からフンが落っこちてきた。やったのは、もちろんアホ鳥である。

「おのれ、ふざけやがって」

地上より石を連投。しかし標的《ひょうてき》は、縦横無尽《じゅうおうむじん》に上天を駆《か》けてスイスイと避けていく。

「Ｈｅｔａｋｕｓｏ！　Ｈｅｔａｋｕｓｏ！」

「……イレーヌ、もしかしてあいつ」

「はい、いくつかの単語を話すんです。意味も理解してるらしいですよ」

ほぉ？　いい度胸《どきょう》じゃねえの。そんなに俺に狩られたいってわけか。

「おーい、俺が空飛べないと思ってるだろ？　あめーんだよバーーカ！　今そっちに行ってやっからな！」

「Ｙａｔｔｅ ｍｉｒｏｂａｋａ」

俺は背中の辺りに意識を集中させた。両手はすでに自由に竜化させられるんだ。きっと頑張れば翼だっていけるはず。

思い出せ、大空を自由に駆けていた日々を。

思い出せ、風に愛されていた日々を。

俺は瞑目《めいもく》して心を平穏に保ち――――――――――スッ。

――っ⁉　確かに今、背中になにかを感じた。

この瞬間を逃してはいけないと思った。俺は脳内にリアルな翼を強くイメージする。

「イレーヌ、俺の背中に変化が起きてるだろ⁉」

「あ、あの、いま鳥のフンが落ちました……」

「くっそおおおおおおお‼」

「PUPUPU！」

気が狂いそうになったので、地面をぶん殴ってストレスを発散する。

「ぜぇ、ぜぇ……痛ぇ」

そんな俺を見かねたのか、イレーヌが心配して話しかけてくる。

「あの鳥に関して考えがあります。次にゴブリンが出たら、私の後に付いてきてもらえますか？」

「頼む、あいつを地獄送りにして！」

イレーヌはまだ若いけど聡明《そうめい》だ。絶対俺より頭いい。上手い考えがあるのだろう。

少し進むと、さっそく五人組のゴブリンを発見した。イレーヌが逃げるフリして走り出したので俺も続く。獲物と認識したのか、ゴブリンどもは一斉に追いかけてくる。

三分ほど走っただろうか。木々が密集する場所の近くでイレーヌは足を止めると、ゴブリンを慣れた様子で葬《ほうむ》っていった。

イレーヌが使ったのは炎の矢だ。射出《しゃしゅつ》されるとほぼ同時くらいのタイミングで、矢が炎に包まれる。ゴブリンに直撃するとすぐに着火、ゴブリンを丸焦《まるこ》げにしてしまう。

イレーヌは五体中四体を炎の矢で始末すると、ラストだけは俺に任せてきた。

「ご主人様、お願いします」

「任せろ！」

心臓に剣を一突きして、俺はラスト一匹を始末した。地面に転がる五体の死体。うち四体は真っ黒コゲで目も当てられない。

イレーヌは唯一コゲてない死体の頭の横に立つと、そこから真っ直ぐ歩き出した。

「このまま、あの木が密集しているところに行きましょう」

「わかった」

イレーヌは歩きながら歩数を口にしていた。狙いがわからないが、俺は従者よろしく後を付いていく。憎たらしい鳥はもう俺たちを追跡してこない。

　だいたい二、三百メートルは進んだろうか。俺たちは周囲を背の高い木たちに囲まれた場所にたどり着いた。当然、ゴブリンの死体やクルル鳥などは視界に入らなくなった。

「――三百。ここですね」

はたと立ち止まったイレーヌは、音もなく弓を構える。標的は大空。凄まじい集中力で弦《げん》を引き、天を穿つがごとく矢を発射した。

矢の進んでいった方角は俺たちがさっきゴブリンを始末した辺り。まさか空を飛ぶクルル鳥を狙った？　いやまさか、姿も見えないのに無理があるだろう。

「戻りましょう」

「今の、まさか鳥を狙ったのか？」

「クルル鳥は賢《かしこ》いので、死体があっても人の姿があるうちは絶対に下りてこないんです。人間が魔法や弓など遠距離攻撃できることを理解しているんですよ。なので、こうやって身を隠す必要がありまして」

先ほどの場所まで戻ってきた。

「ファッ⁉」と声をあげそうになったわ。ゴブリンの亡骸《なきがら》の上に、もう一体死骸《しがい》が重なってるじゃねえか。

それは、背中に矢をぶっ刺されたクルル鳥だった。

「クルル鳥はコゲた死体は食べないんです。賢いので体に毒だと理解してるんでしょうね。それと、頭から食べていく習性があります。今回のように的さえ決まれば、仕留めることはそう難しいことではないんですよ」

いえ難しいと思いますよ先生。たとえ的が絞れてようと、あの距離から寸分違《たが》わず当てるとか人間業《わざ》じゃないから。ロボットでも、もう少し人間らしいミスをすると思う。

ともあれ、俺は人差し指をビシッと決めて叫んだ。

「見たか！　これが連携《れんけい》プレイだ、バーロー！」

◇◆◇

ゴブリンの報酬は約二万だった。

クルル鳥の査定もしてもらおうと台に載せると、クールそうな受付嬢が目を見開いて驚く。

「へー、クルル鳥を捕まえるなんてやるじゃない」

ギルドでもクールビューティとして有名らしい受付嬢、シエラが前髪をかき上げながら褒めてくれた。水色の長い髪、涼《すず》やかな目元、銀雪《ぎんせつ》のような肌、スレンダーだが女性としてのアピールも忘れない肢体《したい》。

理知的な印象の二十歳の美人……隠さず言うと、俺の直球ど真ん中ストレートで好みのタイプだ。人生の中でマイベストかも。どうにか口説《くど》きたい。

が、イレーヌの手前そういうことはしにくい。だから今回、こうやって感心されたのは俺としては結構嬉しかったりする。

「どちらがやったのかしら？」

「仕留めたのは私ですが、成功したのは九割方ご主人様のおかげです」

またそういう嘘ばっかり、本当にアリガトな‼

「あら、アナタって見た目だけの男じゃないんだ」

「ん、クルル鳥くらい朝飯前だろ？　知ってると思うがクルル鳥は賢い。そして死体を頭から食っていく習性があるんだ。つまり的さえ絞れれば、仕留めるのは――そう難しくない」

ハッと鼻で笑われた。おいこれ恥ずかしいじゃねえか。俺今ドヤ顔してただろう。

シエラはためつすがめつ鳥を調べ、六万という査定結果を出した。

思った以上に高値がついた。ゴブリンと合わせたら八万。一日でその額は相当だろう。

プチリッチな気分である。

売ろうか迷う。金は欲しいが、一度くらい味わいたい気もする。

「イレーヌはどう思う？　食べたいか？」

「できれば、ご主人様と一緒にいただきたいです」

決定。今回は売らずに、持ち帰ることにした。

ダメ元で宿娘のメルリダに調理してと頼んだところ――。

「わ～、すっごいおいしんだよね～、これ。分けてくれるならやったげるよ？」

何事もタダより高いものはないと言うし、仕方ないだろう。そうして夕食時にクルル鳥の丸焼きが登場した。

前情報に違《たが》わぬ良い味だった。

身が引き締《し》まっていて、口の中に上品さを感じさせてくれる。胸肉にはわずかに臭みがあったが、腿肉《もも》と手羽の肉は信じられないほどの美味だった。

こっちに来て食った中では、間違いなく極上。トロル肉、そしてクルル鳥。

魔物に美味を求めるのは、間違っているだろうか？

10 森のワームさん♪

久々にパチンコ屋にやってきた。

一円パチンコというまさに俺のための台に座る。そして金を入れてハンドルを握る。

さーて今日は元金三倍にすっぞーと気合いを入れたのだが……どうもおかしい。

なんつーか、このハンドルやけに柔らけえの。おまけに手に収まらないくらいでけえ。

しかもいじってると時折色っぽい音が出てくる。こんなんじゃ玉を打ち出せないだろっ、
と考えて気づく。

あ、これ夢だわ。

儲からないパチンコなんてバカバカしい。

無理やり目を開けると、目の前には、頬をうっすら赤くし、息を乱したイレーヌがいた。

恥ずかしそうに目を伏せている。

どうやら俺は、イレーヌと向かい合って眠っていたらしい。揉みん揉みんと手が惰性《だせい》で動き続けている。指が動くたび、イレーヌもモゾモゾと動く。

「……悪りぃ」

俺、イレーヌの巨乳を揉みしだいていた模様。被害者であるイレーヌはハニカミつつ──。

「謝らないでください。私は嫌な思いなんてしていませんから。むしろご主人様に触れてもらって、すっごく嬉しかったです」

俺の中の地底火山が噴火しそうになった。若い男の朝は本当にやばい。肉体、特に下半身が必要もないのに臨戦《りんせん》態勢だったりするのである。

おい、朝からなにしてんだと、下半身に説教してやりたい。

んで、俺は竜人化してから性欲がひどいことになってる。それで過去に失敗もした。まあその経験からもう風俗《ふうぞく》には行かないことにしたんだが、だからといって火照《ほて》った肉体が大人しくなるわけじゃない。

むしろ暴《あば》れ出す。驚くほど激しく。今までは自己処理やら瞑想《めいそう》で切り抜けてきたが、こんなシチュエーションでは一気に暴発しかねん。ベッドを脱出する。

「そろそろ、ベッド二つの部屋に泊まるべきかもな」

「でもお金もありませんし、しばらくは……」

「金がねえなら稼ぐから。その辺の心配はいらねえから」

「……ぷぅ」

イレーヌがほっぺたを膨《ふく》らませている。なに子供みたいなことしてんだ。いや子供っちゃ子供だけどさ。

二人で着替えを済ます。ちなみに俺は、イレーヌが着替えるときはいつも背を向けている。

一階に下りると、メルリダがバタバタと慌ただしくしていた。

「女将《おかみ》さんが産気《さんけ》づいちゃってさ～。店長もそれに立ち会うから、今日はあたし一人なのよ」

「ほーん」

「なにその他人事みたいな反応」

確かに俺のリアクションは適当だったかもしれないが、実際に他人事だしなぁ。そう考えていたら、メルリダがお願いしてきた。

「あ、そうだ。イレーヌを一日貸してよ」

「そんな物みたいに言うんじゃねえよ」

「いいじゃん、貸してよ～、お願いっ」

「イレーヌがどうしたいか、それ次第だな」

そう言ってイレーヌのほうに目をやると、彼女は戸惑っている様子である。

「あの、今日の予定は……」

「ん、特にないぞ」

すかさずメルリダは身を乗り出してくる。

「ちゃんとバイト代も出すからさ、どうイレーヌ？」

「そういうことでしたら、一度やってみたいのですが……」

どうやらイレーヌも乗り気らしい。

「なら、今日一日イレーヌを頼むわ」

「助かるっ、アリガトッ」

そういうわけで金と引き替えに、イレーヌをレンタルに出すことになった。

順応性の高いイレーヌのことだから、そつなくこなすだろう。

では、俺は何しよう。まだ金は数万あるし、一人でゴブリンどもの相手をする気分じゃないし。

ネットでもありゃ一日潰せるんだが、そういうわけにもいかない。

「あっ」

俺はふと気がついた。今日ぼっち……つまり受付嬢シエラを口説きに行ける？　よし、そうと決まれば善は急げ。

　俺は花屋に飛び込むと、適当に花を見繕《みつくろ》ってもらった。三千リゼくらいの出費はこの際痛くない。

　冒険者ギルド「真光の戦士」には受付嬢が何人かいる。まだ午前だってのに列ができていた。特に長いのはシエラのところだ。並んでるのは野郎ばかりらしい。全員ライバルと見たほうがいいな。

　俺も列に並んで、シエラに話しかける順番を待った。

「おうシエラ」

「あら。今日も買取かしら？」

「そういうわけじゃねえな。これ、おまえにやるよ」

「花束なんかもらっても邪魔なんだけれど」

「うが、そ、そうか……でも飾ったら綺麗じゃねえか」

「あまり花って好きじゃないのよね。だってすぐに散るでしょう？　女の人生を暗示しているようで、ね」

　どうも裏目に出ちまったみたいだ。そもそも冒険者ギルドみたいな場所で働く女に、花をやる俺のセンスがマズかったかも。

　トゲつき棍棒とかのほうが良かったりして。

「それで、他に用はあるの？」

「まあ、そうだな、世間話でも」

「私これでも忙しいの」

「……」

「クスッ、いいわ。一分だけつきあってあげる。何の話をしましょうか」

「お、おう、じゃあ、恋人はいるのか？」

「秘密」

「タイプの男は？」

「秘密」

「なら今日は何食った？」

「秘密」

秘密ばっかりじゃねえか！　そしてクスクスと小悪魔的な顔で笑われるという。完全に弄《もてあそ》ばれてるってやつじゃねえのこれ。

「わかった。なら、あと一個だけ質問させてくれよ」

「いいわよ」

「おまえさ——なんで受付嬢なんてやってんの？」

俺の隠れた質問の意図が伝わったんだろう。明らかにシエラの目の色が変わった。余裕モードが解除されたといってもいい。

「どういう意味の質問なの、それは？」

「いくら隠そうとしても、雰囲気でわかることもあるんだよなー」

「……そう。どうしても聞きたいの？」

「ああ」

「ならキマリの森へ行って、カブトムシ十匹捕まえてきて」

「なんだそりゃ」

「当たり前でしょう、私は話したくないの。女の過去を無理やり聞き出すんだからそれくらいの労力は割くべきよ」

「そうじゃなくて、何でカブトムシよ？」

「孤児院でボランティアしてるの。子供たちが喜ぶじゃない？」

「そういうことか。わかった、十匹な」

「一応言っておくと、けっこう危険な森よ」

「あっそう、行ってくるわ」

　やること決まりゃあ動くだけ。

　カブトムシは、俺の持ってる麻袋に入れても死なないのだろうか。心配だったので、念のため虫カゴになりそうな箱を一つ購入しておく。虫あみって売ってるのか？　必要ないな。手で取ればいい。ガキのころはよくそうしていた。

俺はさっそく森を目指す。

ゴブリンを狩っている平野から北に進んだ場所に、キマリの森はあった。一歩足を踏み入れると景色が暗くなる。長身の樹木たちが陽光を遮《さえぎ》るからだ。薄暗くて不気味な雰囲気だが、温度は涼しくて良い。この地方暑すぎなんだわ。

俺はさっそく広葉樹を調べて回る。大抵あいつらは樹液に群がってるんだけど。

おっ、いたいた……ン？　デカクネ？　体長はゆうに十五センチを超え、そして背中が黄色い。おいおいこれって、ヘラクレスオオカブトじゃねえか⁉

日本で買おうと思ったら、普通に十万円前後するカブトムシ界の王様だ。王様、なんでこんなとこにいんだよ。普通に捕まえたわ。

こっちではありふれたヤツなのだろうか？　でも一応多めに捕まえておいて、売れそうなら売ろう。

小学生のように俺は森を駆け回った。数時間かけてヘラクレスを十三匹ほど捕獲することに成功。ミヤマオオクワガタとノコギリクワガタもいたから捕まえておいた。

この森、宝物の山だ。なんで俺以外誰もいねえんだろうな。理由はすぐわかった。

近くの土がボゴッと盛り上がる。そして次の瞬間、土の中から芋虫《いもむし》に似た魔物が生えてきた。ワームか。

体表は茶色、目や鼻はなく、顔のほとんどが丸形の口になっている。

口の内周には牙みたいな歯が隙間なく生え揃っていて、獲物を食う気マンマンの様相《ようそう》だ。

体の一部を土に埋めて身を起こしているので、顔は地面から三メートルくらいのところにある。普通に武器を振っても届かないだろう。

ワームのことを土の中のサメって呼ぶやつもいるらしい。歯の生え方がサメっぽいってのもあるだろうけど、こいつらは新鮮な血液にも敏感だったりする。土に血を垂らしてしばらく待つと、もれなく登場するらしい。

あと、獲物が複数いるときは体格の一番良いやつを狙ってくる。ワームの間でなにかそういう掟《おきて》でもあるみてえに。だから、パーティを組んでも一人だけ狙われるなんてことも。

こっちはまだ剣も抜いてないってのに、ワームが襲いかかってきた。鳥が餌をついばむみたいに、上から俺の頭をかじろうとしてきやがる。

サイドステップで避ける。が、服の肩部分が少し牙に引っかかった。

ワームは口端についた布をムシャムシャと食す。それからゲップみたいなものをした。

「気色悪りぃやつだな」

俺の言葉の意味がわかって怒ったのか、ワームは口から酸のような液体を俺に向けて吐き出した。素早くかわすと、その液体は後ろの木に当たり、ジューと樹皮《じゅひ》を溶かした。

直撃すりゃ危険……だが幸いここは森。隠れる場所は多い。

俺は樹木を盾にしつつ、ワームの周囲を走り回った。

ワームは何度も酸を吐くが、その度に木々に阻《はば》まれ、俺に届くことはなかった。

やがて液切れしたらしく、酸を吐かなくなった。チャンスとばかりにゆっくり近づいていく俺。また上から食いかかってきたので、スライディングで敵の懐まで一気に詰める。

体の根元辺りに横一文字の剣撃をお見舞いしてやる。緑の血が噴き出す。胴回りが太いので一度では切断できなかったが、もう一度だめ押しを入れて完全に分断する。

地面に落ちてからしばらく、ワームはうねうねと動いていたが、やがて大人しくなった。

敵の戦法は単純だし、こいつくらいなら何匹出ても問題ないだろう。

◇◆◇

腹が減った。

パンを三個ほど持参してきたんだが、全然足りなかったみてえ。もっと用意してくればよかった。グゥグゥと腹がうるさい。静かにしろと叩いてみたら、余計ひどくなったわ。

何でもいいから口に入れろと訴えてくる。

周囲を見渡す。葉っぱとか草ならいけるか？　いけるわけない。他に何か食えそうなものは……あれいけるんじゃねえの？

白キノコ。

傘《かさ》から軸《じく》まで真っ白で、マッシュルームに酷似《こくじ》している。普通キノコは生食アウトらしいけど、マッシュルームはいけたはず。案外当たりの可能性があるな。俺は強力な毒でも死んだりはしないし、もし毒なら毒で使い道はある。

覚悟を決めてキノコを口に入れる。

「……おっ、これ案外いけるじゃねえ、がふっ⁉」

強烈な腹痛！　腹の内から針で刺されているみたいな痛み！

俺は地面にゴロゴロ転がった。一分か二分、苦しみに喘《あえ》ぐ。

どうもマッシュルームに似た毒キノコだったらしい。だいぶ悶《もだ》えたが、結果として、このキノコは毒だとわかったので良しとする。何かに使えるかもしれねえし、その辺に生えてるキノコを俺は片っ端から抜いていった。

ボゴッ、ボゴッ。

なんてタイミングのいいやつなんだおめーらは！　絶妙なときにツガイで登場したワーム。

挨拶もなしに強襲《きょうしゅう》してきたので、スライディングからの一文字斬りでまず一体に死んでもらった。

残る一体のほうは実験台だ。

初めてワーム見たときから思ってたんだけど、こいつらずっと口開けっ放しなのよ。

相手を威嚇《いかく》できるメリットがあるのかもしれない。けど、デメリットもあるよな。

ヒョイと、俺は毒キノコをワームの口に放り投げた。

数秒後、ワームは苦しみ出して、グニャングニャンと激しく動く。その姿は殺虫剤をかけられてのたうち回る虫に似ている。そして三十秒としない内に、死んでしまった。

「やっぱ使えるじゃねえか、このキノコ」

腹痛めた甲斐があったってもんだ。森を出るまでは一応持っておくことにしよう。

「だれかーー、だれか助けてくださーーーい！」

突如森に響くヘルプコール。

どうやら俺以外にも訪問者がいたらしい。ヘルプに行く義務はないが、行かない理由もないので、やっぱり行くことにした。


冒険者らしき四人が、四体のワームに囲まれていた。男が三人、女が一人のパーティだ。

助けを求めるってことは、一対一では倒しきれない実力なのだろう。

俺は即興《そっきょう》で作った童謡「森のワームさん」を歌いながらワームに切りかかった。

さっそく一匹始末すると他のワームの標的が俺にチェンジした。が、ひょいひょいひょいと、毒キノコをプレゼントしていったのでノープロブレム。

残る三体も苦しみ抜いた後、この世を去った。

「無事か？」

一応冒険者たちに声をかけてみたが、返事はない。屍《しかばね》のようだ。よし帰ろう。

「あっ待って、待ってください！」

唖然《あぜん》としていた四人が我に返り、必死に俺を引き留める。わかってた、そうくるのわかってた。

「なんだよ、俺は忙しいんだ。どうしても用があるなら、それ相応の物は支払ってもらわねえと」

「お、お金ですか？」

「食い物で頼む」

そう、これが狙いだ。今は金より食い気だ。

「それならっ」

四人が一斉に持ち物を漁り出した。パン五つと薫製《くんせい》肉と酒ゲットしたわ。二つの意味でおいしいわ。

こいつら、話を聞けば駆け出しの冒険者らしい。帰り道でワームに遭《あ》ったら怖いので街まで一緒に行こうと頼まれた。

俺も帰るところなので引き受けてやろう。一応全員に毒キノコを渡しておく。

「ジャーさんみたいに強くなるには、どれくらい修業したらいいんですか？」

パーティの男がそう質問するしてきたので、正直に答える。

「修業とか特にしてないけどな」

「素であれですか⁉　マジかぁ」

「アンタとは存在レベルが違うのよ」

「んだんだ」

仲間たちからの遠慮ない言葉に、男が声を荒《あら》らげる。

「うるさい、おまえらも似た者同士じゃないか」

「ジャー様は本当にステキな方です。こうして出会えたのも運命でしょうか」

金髪パーマのイケメンが俺の手をネットリと触ってくる。目がなんか怖いんだけど。服の一部が酸のせいで溶けている。背が一番高いから、ワームの習性で集中的に狙われたのだろう。

「ちょっとあんた、何触ってんのよ。迷惑してるでしょ」

ポニーテールの子が、イケメンの手を無理やり引っ剥《ぱ》がす。二十歳くらいだろうか、なかなか可愛い。

このパーティは、結構愉快なやつらの集まりで退屈しなかった。道中またワームに襲われたが、こいつらの毒キノコアタックで始末した。

街で四人と別れた後、俺はいそいそとギルドに行きシエラに約束のブツを渡した。

「ワームは大丈夫だったのかしら？」

シエラがカウンターに片肘《かたひじ》をつきながら問う。

「まあな」

「そうね、あんなのに負けないわよね」

「で、質問に答えてくれ。おまえって絶対強いよな？　なんで受付嬢なんだ？」

シエラは気《け》だるそうに前髪をかきあげた後、目を細めて言う。

「私は別の大陸からここへ流れ着いたの。前にいたところでは冒険者だったわよ」

「何でやめた？」

「もう話さないわ。これでお終《しま》い」

「おいおい半日かけて頑張ったんだぞ……」

「女の過去は高いの。それこそ宝石くらいにね」

まあ、わずかだけど、過去が知れたわけだし良しとするか。あんまりしつこくしたら嫌われるだろう。

「ならまた来る。そのうち食事とか誘うかもしれねえわ」

「ふ」

すげえスカした笑いされたんだが。高嶺《たかね》の花の私をアナタごときが？　みたいな目してやがる。でも、そういう冷めたところも俺好みだから困る。

帰りに余ったヘラクレスとクワガタ売ろうとしたけど、どこで売ればいいか不明だった。

適当に商売人に声かけたけど、バカにして誰も買い取ってくれねえの。

頭にきたから、その辺にいたガキどもにプレゼントしたわ。

「こんなのいらねえよ」

ソッコウで捨てられちまったみたい。

可愛げのねえガキどもめ、昔の俺みてえじゃねえか。

◇　◆　◇

森の薬草を摘《つ》みにきたアタシたちは生命の危機に直面していた。

まさかワームが四体同時に出現するなんて……。

せめて三体だったら、逃げ切れたかもしれない。でも四体に囲まれては、もう絶望的。

運が悪い。アタシは諦めかけたけど、仲間はそうじゃなかった。

「だれかーー、だれか助けてくださーーーい！」

「ちょっと、そんなことやったってムダよ」

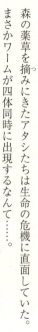

「ムダかどうかわかんねえだろ、こんなとこで死ねるかっ」

確かに……そうよね。アタシだってまだ死にたくない。そう思って短刀を強く握りしめ、気をしっかり持つ。アタシにはまだまだやり残したことがある。

食べたい物だって、行きたいところだって、いっぱいある。

何より、燃え上がるような恋をしたい。まだ運命の人にすら出会ってないのに、死んでたまるもんですか——。

「ある日〜♪」

歌が聞こえてきたと思ったら、いきなり現れた歌い手がワームの前に躍《おど》り出た。そして、電光石火《でんこうせっか》の早業《はやわざ》でワームを斬り伏せた。

登場して数秒で実力者だとわかる腕の持ち主。さらに彼は、残る三体のワームの口になにか白いものを投げつける。するとワームたちは狂ったように暴れ出して、あっけなく死んでしまった。

彼が私たちに声をかけてくる。

「無事か？」

誰も返事ができなかった。あの危機的状況から短時間で解放されたことに、頭が追いつかないのだ。

見惚《みと》れるような銀髪、引き締まった体、スラリとした背丈《せたけ》、精緻《せいち》に造られた顔。まさに絵画から飛び出してきたような美青年。

ドキン！

心臓が跳ねた。本能で感じた。彼こそがずっと追い求めていた、運命の相手。

帰ろうとしたそのお方を仲間が引き留める。グッジョブ。

彼は、俺を引き留めたいなら食べ物をよこせと言ってきた。お金を要求しないなんて、なんて心が綺麗なお方なのだろう。

彼は、ジャー様という名前だった。

ジャー様はこの森にカブトムシを捕《と》りにきていたけれど、もう帰るのだそうだ。

アタシたちも薬草は採《と》り終わったので、同行させてくれと頼んだ。

快《こころよ》く許可していただいた。アタシはもう夢中だった。ずっとジャー様の横顔を見つめていた。時々、ジャー様もこちらを気にしている素振《そぶ》りを見せた。

「ところでジャーさん、さっきワームに何を食わせたんですか？」

仲間が訊くと、ジャー様は白キノコを出した。

「へ、これって？」

「毒キノコだな。あいつら口開けてるだろ？　試しに食わせたらバタバタ死んでくわ」

アタシたちは四人そろって絶句《ぜっく》する。なんて発想力！

今までそんなこと考える人いなかったわ！

「これおまえらにも渡しておくわ。次出てきたら口に投げてみろよ」

「あの、もしやジャー様は、有名な冒険者なのでは？」

アタシが尋ねるとジャー様は首を横に振った。勇気を出して、アタシはもっと踏み込んだ質問をする。

「ジャー様には、心に決めたお相手などいるのですか？」

「急になんだよ……って、おい、来たぞ」

なんてタイミングの悪い！　二匹のワームがアタシたちの邪魔をする。

アタシはワームの口にキノコをスローイング。仲間もそうした。驚くほど楽にワームを倒してしまう。

必死に剣だの魔法だので戦っていた過去の私たちが、アホみたいに思えてくる。

ジャー様は死骸となったワームをなぜかジッと見つめていた。

「おめーら、ワームって食ったことある？」

「ありませんよー、こんなもん食うやついませんって」

「でもよ、魔物ってけっこう美味いの多くねーか？　小さい昆虫のワームならけっこう食えたりするみてぇだし……デカいワームもいけんじゃねえかって」

「いやそれは……ってジャーさん⁉　マジでいくつもりっすか⁉」

なんてこと、ジャー様がワームの体を一口サイズに切っている。思い立ったら即行動。

なんて男らしいお人。でもそれは本気でマズいと思うの！

「俺、チャレンジって大事だと思うわけ。ねえとは思うけど、俺が泡吹《あわふ》いて倒れたりしたら街までよろしくな」

キランと輝かんばかりの白い歯を見せながらジャー様は……食った。ワームを。

そして吐いた。

盛大に。

「大丈夫っすかジャーさん⁉」

「げはぁごはぁっ。……魔物っていっても、全部が全部美味いわけないわな……。十年放置したチーズに納豆かけて濁《にご》った便所水かけたみてえな味したわ」

よくわからない表現だけど、とにかくクソマズかったみたい。

ジャー様との時間はとにかく楽しかった。でも至福の時間はあっという間に過ぎ去ってしまう。街に着くなり、ジャー様は行くところがあると去っていったのだ。

「あぁっ」

もっとジャー様に訊きたいことがあったのに。でも、運命の人がこの街に住んでいるとわかっただけで収穫よ。

「決めたわ。アタシ、ジャー様の恋人になるの！」

高ぶった気持ちを、私はストレートに宣言した。でも、仲間たちはこぞって馬鹿にしてきた。

「ジャー様がおまえみたいなの相手にするわけねーだろ」

「んだんだ、だいたいジャー様みたいな人にはよ、すんげー美人のお相手がいるもんだべ。オメーみたいなの相手にするなんてどんな物好きだ」

「っていうかすでに美人ハーレムが存在しそう」

三人ともアタシじゃ絶対に無理だって言い張った。

「うっさいわね！　ジャー様だって道中ちらちらアタシのこと気にかけてたんだから！」

「あーそりゃ身の危険を感じてだろ。おまえが異質だから警戒してたんだよ」

「ストーカーだけはしちゃダメだっぺよ」

「もういいわよ！　アンタらなんてワームにでも食われちゃいなさい！」

アタシは怒鳴り散らして、ジャー様の進んだ方向へ歩を進める。なによもう、みんなして！　ジャー様はアタシの運命の人なんだから。絶対に抱いてもらうんだから！

モヤモヤした気持ちのまま歩き続けていたら、道ばたにカブトムシが落っこちていた。

あれ、これってジャー様の……。

「ねえアナタたち。このカブトムシってどうしたのかしら？」

近くにいた子供たちに声をかける。

「うわ、なんだよこいつ……」

「きもちわりぃ」

「なんかクネクネしてるしよぉ」

子供たちはすっごく失礼なことを面と向かって言い放ってきた。歯に衣着《きぬ》せない物言いに、アタシはムッとして言い返す。

「ちょっとアンタたち。言っていいことと悪いことがあるのよ。アタシのどこが気持ち悪いっていうのよ！」

「男のくせに何でそんな言葉づかいなんだよ！　内股《うちまた》でクネクネしてきもちわるいって言ってんだ、この金髪パーマ！」

「あんだとゴラァ！　やんのかクソガキィ‼」

低音ボイスで吼《ほ》えたら、子供たちは蜘蛛の子を散らすように逃げていった。フン、なによ、いくじなしね。

「関係ないわよ」

そう、人を好きになる気持ちに男も女も関係ないの。

アタシは、体は確かに男かもしれない。

でも心は女なの。

下半身によけいなものがついているとかいないとか、そんな小さいこと、あのお方ならきっと気にしないわよ。うん、絶対そう。

ね、ジャー様☆

11 売るべきか売らざるべきか、それが問題だ！

朝食時、とあるシーンが目に入った。

食事を運ぶ店主の足がフラついてたので、気を利《き》かせたイレーヌが立ち上がる。

そして店主から食器を受け取ったそのとき、事件は起きた。

イレーヌと店主の指が、少し重なった。

なのにイレーヌは食器を落とすこともなく、スムーズに受け取って席に戻ってくる。

普通の人間だったら何でもないことだ。けど、イレーヌにとっては一大事。

前だったら確実にビクンッて肩を跳ねさせてたってのに。あれ？　もしかして男性恐怖症はほぼ治ってるのか……。

——そろそろ、か。

「ご主人様、食べないんですか？」

「へ？　あ、ああ、そうだな」

「ここの食事は本当においしいですよねっ」

「……だな」

「そのうち、メルリダさんに味付け教えてもらおうかと思ってるんです。あ、私こう見てもちょっとは料理できるんですよ。今度ご主人様にも食べさせてあげますね」

「今度、ね……。…………あのよ、おまえを連れていきたいとこあんだけど。荷物まとめて、行こうか?」

「わぁ……ご主人様が私を連れていきたい場所……どこでしょう」

直視できない。だってキラキラと目を輝かせているから。うわ、言いづらい……奴隷商館連れてくとか言いづらすぎる。

子供を遊園地の写真で釣《つ》って歯医者に連れてく気分だ。でもおそらく、これがイレーヌにとってもいい選択なんだわ。

俺はいつか邪竜に戻ってしまう。金だってない。なら俺と一緒にいるよりも、もっと経済力や包容力のあるおっさんにでも養ってもらったほうがいいに決まってる。そっちのほうが女として幸せに生きていける。

解放することも考えたが、それじゃあいつは絶対に俺に付いてくる。下手すりゃ金払ってでも一緒にいたいと言い出すかもしれない。

それにいくら弓の腕があろうと、まだ子供。独りでは寂しさも感じるだろう。

俺に捨てられたと感じ、別の悪い男に騙されちまうかもしれねえ。

そうなりゃ目も当てられない。

それに俺にとっても悪くない話だ。大金が入ってくる。だから最終的にはお互いが得することになる。心苦しいが、こうするべきなんだ。

ルンルンと鼻歌混じりのイレーヌ。宿を出ようとすると、店主がイレーヌに話しかけた。

「ご機嫌だねイレーヌちゃん。ご主人様とお出かけかい？」

「そうなんです！　ご主人様が私を連れていきたい場所があるって」

「へぇ……もしかして、あそこかな」

「え、心当たりがあるんですか？」

「（あれだよ、あれ。結婚式場とか）」

「（はう!?　でで、でも私は奴隷ですよ!?）」

「（知らないのかい？　奴隷とだって結婚できるんだよ）」

「（で、ですが結婚なんて、まだ十四歳ですし！）」

「（この国では十二歳から結婚できるからさ。あり得ると思うよ）」

「（あわぁ、ど、どうしたら……私の格好、大丈夫でしょうか？）」

「（大丈夫大丈夫、すべてご主人様に任せればいいんだよ）」

「（は、はい。お嫁さんになってきますね）」

おいやめろ。店主、頼むからよけいなこと吹き込むな。

常識的に考えてそれはねーよ。俺が十四歳に結婚申し込むように見えんのか……見えちゃうの？

気を取り直して外に出たんだが、イレーヌのはしゃぎっぷりがやばい。軽《かろ》やかステップ踏んでいる。狼が待ってるばあさん家に行く赤ずきんちゃんに姿がダブる。

もっとも――俺だってイレーヌをみすみす狼に渡すわけではない。

そもそも俺は、イレーヌを奴隷商人に売るのではない。次のオーナーに売るつもりなのだ。奴隷商人に仲介に入ってもらえば、そういうことも可能らしい。

ただ仲介料として売却額の二割取られるらしい。イレーヌクラスのエルフだと五千万くらいが相場らしいから、一千万ってとこか。仲介料は高めだが、直接売買なら契約内容をこちらで決められる。

・奴隷証紋を入れないこと。
・絶対に手をあげないこと。
・性的な強要をしないこと。
・平均水準以上の衣食住を与えること。

以上を一つでも破ったら即座に主従関係は無効、イレーヌには主人のもとを去る権利が与えられる。

こんな感じの契約にするつもりだ。その上で、俺とイレーヌの視点から購入者を慎重《しんちょう》に精査《せいさ》する。これだけすれば、無道《むどう》に扱うやつには当たらないだろう。仮に当たったとしても、イレーヌなら逃げられるはず。

まあ買い手には厳しい条件だ。だが、これでも買いたいやつは絶対に現れる。自信がある。

「こうやって街を歩くだけでも楽しいですね！」

「……ぁぁ」

「商品だったころ、たまに街の外を連れて歩かされたことがあるんですけど、ぜんぜん違う街みたいです」

「……ぁぁ」

「今日は天気もよくて、いい一日になりそうです」

「……ぁぁ」

俺は無表情で、視点を一点にずっと固定していた。とある建物に、だ。さすがにイレーヌも変だと気づいちまったらしい。

「さっきから何を見ているん……っぁ⁉」

やっぱりイレーヌは聡《さと》い。瞬時に理解したらしい。全ては盛大な勘違いだったと。

「あの……ちょっとお腹《なか》が痛くなったので、宿に戻りたいかなぁって」

言うまでもなく仮病《けびょう》だ。俺も心を鬼にしなくてはいけない。

「それは大変だ。おっ、あんなところに建物がある。少し休ませてもらおう」

「や、やっぱり治ったみたいです」

そして発生する沈黙。

俺としても気まずい雰囲気だが、ここを乗り越えなければお宝は手に入らない。きちんと説得する必要がある。

「例えばの話なんだけど、おもちゃが売ってるとするよな。ただ、そのおもちゃは一部壊れてるわけ。んで、それを買い取って修理したとする」

「……はい」

「自分の部屋は汚いしスペースがない。なら、お金も入ってくるし、もっと大事にしてくれるやつに売ったほうがいいかなと、そいつは考える」

「でも、おもちゃは売られたくないかもしれません」

「確かにな。けど、最後は売られて良かったたって思うかもしれねえ。なぜなら、新しい持ち主は修理してくれたやつよりずっと優しいからだ。辛いと思う気持ちを少し耐えれば、その先には幸せが待ってる。頭の良いイレーヌなら……わかるよな？」

俺が諭《さと》すように語りかけると、イレーヌは目に涙を溜め、ぷるぷると全身をふるわせ始める。

「私、なにかご主人様の嫌がることをしてしまったんでしょうか……。だとしたら謝ります。ですからお願いします、どうか私のこと捨てないでくださいっ」

「ぐ……。けどな、これはおまえのためでもあるわけ。だって考えてもみろよ、俺は所持金数万しかねえどころか借金まである。性格もまあ、真面目とは言えねえ。例えば、世界を救えとか言われても、嫌だと即答する自信があるわ。だって世界が俺に何してくれたわけ？　……要は、俺ってば自分の感情と損得《そんとく》でしか動かねえの」

「それでも、貧乏でも借金まみれでも適当でも、一緒にいたい、です」

「だ、だけど金持ちで優しい貴族に買ってもらえば、楽しいことが――」

「――私のご主人様は世界で一人だけです‼　……お願いします。何でもしますから。殴られ屋でも蹴られ屋でもひっぱたかれ屋でも」

頑張る方向間違ってるだろ……しかし、本当にどうしたもんか。

こいつ、納豆みたいに粘《ねば》る。そうまでして俺なんかと一緒にいてえのかよ。ちょっとだけホロリとくるやつだ。

けどな、これを知っても同じこと言えるか？

「なあイレーヌ、邪竜って知ってるか」

「もちろんです。どの邪竜のことですか？」

エ？　邪竜って俺以外にもいたの？　初耳なんだけど。

「ええとだな、銀の色したやつ」

「真銀光竜《シルフィアス》ですね」

「そうそう、たぶんそれよ。そいつってよ、実は俺なわけ」

そう告げると俺は、両手をドラゴンハンドにして見せた。突然のことにイレーヌは目をまん丸く――してなかった。

存外冷静に、俺の両手を観察してるじゃねえの。

「おい、驚くとこだぞ？」

「もしかしたら、って思ってました。昔読んだ本に、真銀光竜の涙は、大抵の傷や病気を癒す効果があるって書いてありました。ご主人様は私の傷を涙で治療しました。それに、銀髪です。あと、この間のゴブリン退治の際、一瞬だけですが、今回と同じように手を変化させましたよね。だから、やっぱりそうなのかなって」

「怖くねえの？　竜だぞ」

「出会う前までは怖かったです。だって大昔、神々を……皆殺しになさいましたよね？」

なんだそれ、欠片《かけら》も記憶ねえんだけど。きっと俺が転生する遙か前のことなのだろう。

俺は、転生のくだりも包み隠さず暴露《ばくろ》した。前世のこと、数年前から邪竜に憑依《ひょうい》したこと、クロエとの出会いなど。今度はさすがに驚い――思ったほどじゃなかった。

「なんでそんな冷静なんだよ。別世界から来た人間なんて気味悪くねえか？」

「そういう人、ごく稀《まれ》にですが、いるみたいですよ。私を売った商人がこの街に一人、ご主人様のような人がいると話していました」

「へぇ、そういうもんか」

一度会ってみたいと考えていたら、イレーヌが俺の服の裾《すそ》をつまんで、切実《せつじつ》に訴えてくる。

「ご主人様が邪竜だろうと、私はどこまでも付いていきます。出会ったあの日——私は自分にそう誓ったんです！　だから、だから」

「あ～、わかったわかった。もう売る気ねえから」

「そこを何とかお願い……え、売らない……？」

「おう」

「本当の、本当の本当ですか？」

「そこまで言われたら、こっちもそうするしかないだろ」

目に溜めこんでいた珠玉《しゅぎょく》の涙。それがイレーヌの頬を伝い落ち、喜びの線を一筋《ひとすじ》つくる。

俺はそれを目にして、完全に吹っ切れた。

「よく考えりゃ、おまえってすごい優秀だしな。それに、よく尽くしてくれた。確かに数千万はデカいけどよ、長期的にはそれ以上の働きしそうだしな」

「や、やります。私、それ以上のお金を稼いでみせますっ」

「ホント頼むわ」

「あぁ……ぜったい、ぜったいにご主人様に楽させてあげますから！」

イレーヌは強い熱意を胸に抱いているようだ。イレーヌは有望株だ。だが思春期は不安定。不良少女に確変しないよう気を配る必要がある。

「おらご主人、酒もってこいや」とか言われた日には、俺が家出しちまう。出る家なんてどこにもないが。念のため、ここは釘《くぎ》をさしておく。

「ただなイレーヌ。これからは少し関係性を変えていく」

「でもご主人様は、ご主人様です……」

「まあそこはいい。俺は主人であると同時に、おまえの父親役をしようかと思ってる」

「父親、ですかぁ」

「不満だっての？」

「せめて、兄に」

「兄か。兄ね」

前世で俺に妹はいなかった。ターミネーターになりたくて毎日筋トレばかりしていた弟と、イケメンにフラれるたびに仕事さぼって酒びたりになる姉は存在していたが。

あいつら元気でやってんのか、手紙くらい出せよ。無理だわな。

しかしお兄ちゃんか。昔一度はなってみたいと憧《あこが》れていたポジション。

「じゃあ、試しにお兄ちゃんって呼んでみてくれ」

「お兄ちゃん」

「言い方変えてみて」

「お兄様」

「褒めてみて」

「さすがです、お兄様」

いやいやいや、俺の妹がこんな素直なわけねえ。俺の妹だったら「ハア？　キモい」とか言いつつ、実は兄が大好きでしたというツンデレになるはず。

「まあいいや。呼び方は好きにしろ」

「はい」

「俺はこれからも今まで通り俺でいく。だからおまえもおまえでいけ」

「……？」

「無理しすぎない範囲で頑張っていこうってことな」

俺は右手をイレーヌの前に出した。間髪《かんはつ》を容《い》れず、イレーヌは俺の手に頬《ほお》ずりする。求めてたのは握手だよ！

「きゃ⁉」

竜化させて驚かした。

「ひ、ひどいですよ、びっくりしました」

「悪い悪い。じゃあ詫びに、金かからないとこ連れてってやるわ」

「公園がいいですっ」

「あいよ」

そういうわけで、俺の儲け話は失敗に終わった。

でもなぜか、損《そん》したという思いはどこにも見当たらない。

俺たちは、もう訪れることはないだろう建物に背を向けた。

12　消せない傷跡《きずあと》

約束通り金のかからない公園へイレーヌを連れていき、しばらくそこで過ごした。

特に大したことはしなかったな。ハシャぐガキンチョどもを眺めながら、適当なおしゃべりをしただけだ。

イレーヌは将来、子供が五人以上欲しいなんて話していた。でもエルフってのは非常に妊娠しづらい種族だそうだ。

長寿なのが影響しているのか知らないが、人間よりずっと子供が作りづらい。五人作るとなると十年やそこらではまず不可能らしい。

とはいえ、妊娠できる期間はだいぶ長いらしいので、長期戦でがんばるつもりだと。

そのうち良い相手を見つけて、大いに励《はげ》んでほしいね。けど俺みたいな大人に、子作りがんばりたいとか、堂々と話しちまうのはどうかと思うわけ。

さて、西日がグリザードの街をオレンジ色に染め始めたので、二人で宿へ帰ることにした。

途中、呼び込みをしている恰幅の良いオヤジを発見する。

なになに、今日は月に一度の特別な日だって？　当店自慢の特別料理を食べきったら、お代はタダ！　しかも豪華なプレゼントまであると。

元の世界と似たような商売考えるやつがいて、自然と笑いが漏れちまう。

「面白そうですね」

「だな。いくだけいってみるか」

半分冷やかしのつもりで店へお邪魔することにした。木造の店で、気を遣って言うなら、趣《おもむき》がある。歯に衣着せなければ、ボロい。

店内は四人掛けのテーブルが八つ、うち埋まっているのは三つ。

特別な日なのに、だいぶ空いてるじゃねえか。大丈夫なのかよ、この店。

「いらっしゃーい！」

オヤジの奥さんらしい人がニコニコ顔で寄ってくる。このおばさん、だいぶ丸い体型をしているので夫婦だろうと勝手に決めつけてみる。

「おすすめは、本日しか食べられないスペシャルサンドだね。他の料理もなくはないけど、今日は素材があんまり良くなくてねえ」

なんかもう、それ以外食うなみたいなプレッシャーを感じるわ。そして良くないと言われた素材で作られた料理食ってる他の客たちがギョッとしてるんだけど。

「ちょっとお母さん、あんなもの無理に勧めないでよ。二度と来てくれなくなっちゃうわよ」

割り込んできたのは娘兼《けん》従業員っぽい若い女だった。二十代前半ってところで、透《す》き通るような肌をしたスレンダー美女。この親にしてどうしてこの子が生まれた？

俺が理解に苦しんでいると、呼び込みをしていたおっさんまでこっちに参加してきた。

「お客さん、おすすめはスペシャルサンドだ。食いきったら豪華な贈《おく》り物までしちまうぜ」

「先に内容聞くのは、アリ？」

「いいぜ、商品はうちの特製唐辛子一ヶ月分だ」

予想の遙かナナメ上をいく賞品に俺のチャレンジ精神は霧散《むさん》した。おっさんから顔を逸らして店を出ていこうとしたら、必死に呼び止めてくる。

「わかったわかった、それじゃこれも付けよう！　うちの看板娘の熱い抱擁《ほうよう》でどうだ！」

「ちょっと何言ってんだい、あんた！」

「うっせい、おまえは黙ってろ」

娘の身を案じて抗議するおばさんを一蹴するおっさん。肝心の娘は、何とも微妙な顔をしている。

本当は気が進まないけど、客のためなら仕方ないか、みたいな感じだ。俺はチラッとイレーヌを一瞥《いちべつ》する。

こちらも複雑そうな表情をしている。まぁ、気持ちはわからなくもない。自分の主人が、こんな安い賞品に釣られたらショックだもんな。

俺はイレーヌの肩に手を乗せ、キリッと引き締まった顔を作った。

「俺に任せろ」

「ぁ、やるんですね……」

「おっさん、今すぐスペシャルサンド持ってきてくれ」

「あいよ！」

しょぼんとするイレーヌとテンションアップのおっさんの姿が、コントラストとなって浮き彫《ぼ》りになる。

　席に座り食事を待っていると、スペシャルサンドを食べきれなかった場合の料金を奥さんが説明してきた。ボッタクリも良いところだった。

とにかく、失敗したら土下座皿洗いコースみてえ。胃袋破壊してでも食うしかない。

「はいおまち、食えるもんなら食ってみろ」

　出された料理は、フランスパンのような長いパン。あまり固くはなさそうだが長い切れ目が入っていて、その間に真っ赤な何かが大量に詰め込まれている。

　一見して危険なのが丸わかりな食べ物だった。

「おい、まさかこれ……」

「制限時間は一分、水なしで。さあスタート！」

　短すぎだろとつっこむ余裕すらない。ボッタクリバーにハメられた気分で、俺はパンを頭からかじり、あまりの辛さに失神しかけた。

「が、が、がが、ががが………」

　こんなの人間が食していいものじゃねえよ。口に入れた瞬間舌が痺《しび》れたんだけど。並の唐辛子じゃないことは明らかだった。

「そいつはな、あらゆる種類の唐辛子をブレンドして、その上からとある魔物の体液をかけたものなんだ。どういうわけか、その体液が辛さを最高に引き立ててくれるわけよ」

俺が涙をダラダラ流して白目むきかけてる横で、おっさんが自慢げに料理の説明をしてくれる。

……これたぶん、ふつうの人間だったら即気絶するレベルだわ。

それでも、熱と痛みに耐えながら半分まではいった。けどもう残り時間十秒らしいし、さすがに無理……。

「が、がんばって！」

……と思ったけど、看板娘が声援をくれたおかげで、息を吹き返す。

「うおおおおおおおお！」

大げさじゃなく死の覚悟をも決めて、俺はラストスパートをかける。そしてとうとう激辛パンを打ち破ることに成功した。

俺の偉業《いぎょう》（？）に、食事中だった客たちですら力いっぱいの拍手をしてくれる。

とりあえず水を十杯ほどガブ飲みして、胃の中の熱さをどうにか和《やわ》らげる。

「こ、こんなもん食わせやがって……本気で死ぬとこだったじゃねえか」

「ハッハッハ、大げさだよあんた。でもまさか食べきっちまうとは驚いた。お代はもちろんタダだ。そしてこれが賞品だ」

真っ赤な唐辛子が詰め込まれた小瓶を手渡された。今はこんなの見たくもない。さっさとポケットにしまい込む。

それから、本当に欲しかったほうを強く要求する。

「わかってるよ、ほれ、やってやれ看板娘」

「もぅ……やだわぁ……」

と言いつつも、頬を赤らめて俺の前に近寄ってきてくれる。ウブな生娘《きむすめ》のごとく顔をそむける仕草は多くの男を虜《とりこ》にするだろう――やっているのが若い美女であれば。

そう、目の前にいるのがおっさんの娘であれば歓喜するわけだけど、実際にいるのは丸っこいおばさんなのだ。

「お、おっさん、なんだこの状況は?」

「ん? うちの看板娘の抱擁だろ? ほらおまえ、早くやってやれ」

「はいよ、んじゃ恥ずかしいけどやるよ……はい」

こうしておばさんに抱きつかれたわけなんだけど、まるで納得いかない。あんなに辛く苦しい思いをして手に入れたのがコレなのかよ。看板娘ってなんなんだよ一体……。

俺は鬱《うつ》な気分で店を出ていく。もうここに立ち寄ることは二度とないだろう。

肉体的、そして精神的なダメージにより千鳥足《ちどりあし》で道を進む。

「か、肩をお貸ししますよ」

ここはイレーヌに甘えて肩を借りることにした。しかし、近寄るとえも言われぬ芳香がして、さらに胸の谷間が上から覗けてしまい、すぐさま肩を借りるのを中止した。

当然ながら、イレーヌは小首を傾げていた。

俺は首を左右に振って酔《よ》いを醒《さ》ます。そしてまた歩き出したところで、俺より危なげな足取りをしている人間を発見した。

ひどく顔の青ざめた青年が片足を引きずりながら歩いている。着ているものはボロボロで、破れた服の隙間からは黒血のたまった痣《あざ》がいくつも顔を出していた。

青年の両脇には、彼を心配そうに見つめる二人の門兵。門兵の態度を見る限り、彼は犯罪者とかではなさそうだが。

小さな石につまずいて、青年は転倒する。すぐに門兵が駆け寄って起こそうとするが、青年は触れられたくないのか、それを拒否して独力で立ち上がる。

「絶対に……ゆるさ……ない……ひと……め……」

言葉が掠《かす》れてハッキリとは聞こえない。ひとめ？

――そのときだ。ゾワッという寒気が俺を襲ったのは。最初は狂気じみた青年によるものだと思ったが、そうではなかった。

俺のすぐ間近から放たれていたが故に、その殺気を強く感じたのだ。

いつだって穏和《おんわ》で、おおよそ負《ふ》の感情などなさそうなあのイレーヌが、信じられない形相《ぎょうそう》を浮かべていた。視界に入った者を問答無用で攻撃するんじゃないか。そんな雰囲気を、痛いほど出していた。

イレーヌは、貴族街のほうへ進んでいく青年の背中をずっと見つめていた。

なんて声をかけていいかわからず、俺は黙してしまう。

「いきましょう、ご主人様」

抑揚《よくよう》のない声だった。

……すっかり忘れていた。

日本の十四歳であればまず経験しないであろう悲劇を経て、少女はここにいるのだということを。

珍しく前を行くイレーヌの背中は物寂しく思えた。見ているのが辛くなり、逃げるように顔を空へ向ける。

薄墨《うすずみ》のような暮色《ぼしょく》がやけに不気味だった。

もうすぐ厚い闇が世界を支配して、街も昼とは異なった顔を見せることだろう。グリザードは比較的治安が良いところとはいえ、昼よりは事件に巻き込まれる確率も高くなる。

そういう風に街は変化する。表と裏があるということ。

そして人間は、街よりもずっと多面性のある存在なのだ。

たとえ一万回微笑をしてみたところで、負の感情がゼロになるわけではない。

なにかの拍子に、爆発することだってあるのだ。

◇◆◇

一夜明けてもイレーヌの雰囲気が変わることはなかった。

いや、表面上は微笑したりする。だが、どうも本音とかけ離れているように感じてならない。

朝食を食べ終わるなり、今日は休みをもらえないかと頼まれたので許可した。

イレーヌは一人になりたいらしい。すぐに宿屋から出ていってしまった。

「あー、どうっすかな……」

一応、今の俺はあいつの保護者的ポジションにいるつもりだ。そして、あいつがなにを行おうとしているのかも、なんとなく感づいている。

というか、昨日の殺気で気づかなかったら人間としておかしいわな。

ただどうにも……的《まと》が絞れない。

あいつはたぶん、復讐を考えているんだろうが、俺が知る限りその相手として三つの可能性がある。

一つ、あいつの村を滅ぼした魔物。

二つ、あいつを騙して奴隷にした奴隷商人。

三つ、あいつを買い取った最初の主人。

昨日の男と遭遇してから、イレーヌは明らかにおかしくなった。もしかしたら、あの男は魔物に襲われて、それがイレーヌの村を襲ったやつと同一だった？

でもどうやって、そうだと判断するんだよ。男はボソボソつぶやいていたけど、声が掠れていてよくわからなかった。

……でもイレーヌは耳が良いからな。今の状態の俺より、小さい音を聞き取れるかもしれない。

俺には聞こえなかった言葉があいつには届いていたのか？

次に奴隷商人だけど……俺が村で会った奴隷商人は、イレーヌを騙したやつではない。あいつは騙したやつから、タダでイレーヌをもらったのだ。貴族に顔が腫れ上がった状態で返品され、もう高値では売れないからと、無料で渡してきたようだ。

悪徳商人としては、不良品を処分した感じなんだろう。

昨日の男は悪徳商人のようには見えなかったし、関係もなさそうだけど、実際どうなんだろう。さっぱりわかんねえ。

じゃあ最後、貴族はどうだ。こいつも商人に負けないくらいのクズだったりする。なんせ乙女《おとめ》の顔を平気で何百発も殴っちまうやつだから。

イレーヌはボロボロになった男の姿と、昔の自分の姿を重ね合わせた？　なくはなさそうだ。トラウマなんてのは、ふとした拍子に溢れ出たりすると聞いたことがある。

おまけに、男は貴族街のほうへ行った。イレーヌの最初の主人はグリザードに住んでいるらしい。万全の状態を取り戻したイレーヌなら、復讐も可能だろう。

ちゃっかり弓も手にしていたので、ますます不安になってくる。

待て待て。

あいつは理知的だし、そんなバカなことはしないはずだ。もっと冷静になれるやつなんだ。

背もたれに背中を預け、ふーっと息を出して落ち着く。すると宿屋の看板娘、メルリダが心配そうに話しかけてきた。

「ねえ、何かあったわけ？　イレーヌちゃん怖かったんだけど」

「……どう怖い？」

「なんていうかさ、覚悟を決めた人間の顔だよ、あれ。何か大きいことでもやるの？」

「………………」

また不安になってきた。これは放っておいてはマズいパターンらしいな。

とにかく外へ出よう。後を追おう。どうもやべーにおいがしてきた。

どこに行ったらいいかわからないので、とりあえず貴族街を目指すことにする。

昨日、男を見かけた道を駆け抜けようとしたとき、背中から「待て！」と声がかかった。

悪いけど相手してらんねえから。

華麗《かれい》に無視して俺は走り続けた。

「待てと言っているじゃないか！　待ってくれ！」

後ろは振り返らず、俺は前だけを目指す。どうせ途中で振り切れるだろうと考えていたからだ。

ところが、何百メートル進んでも声はやまない。全力ではないにしろ、地球なら余裕で短距離走の金メダルを取れる速度で走っていたのに。

なかなか見所のあるやつだと急停止して振り返ったところ、ドッスーン！　とそいつが正面衝突してきやがった。

俺とそいつは、二人して地面に寝っ転がることになる。

「痛いだろうが、なにすんだよ⁉」

「あいたたた……キミが突然止まるからじゃないか、ジャー！」

俺の名前を呼ぶそいつは、めちゃくちゃ見覚えのあるやつだった。というかいろんな意味での恩人、クロエでした。

だが……俺はそんな恩人からそそくさと距離をとる。なぜかって？　ま、あれだよ、あれ……。

「何故《なぜ》逃げようとするんだ⁉」

「いや、あーと、だってよ……」

「だって、何？」

「え、借金取りにきたんじゃねえの？」

迫力が借金取りのそれだったしさ。しかし、クロエは狐《きつね》に摘《つま》まれたような顔をする。

「そんなわけないだろう。キミがこちらに来て日が浅いことは知っている。お金を返すことなんて考えなくていいよ。あのお金は役立っているのだな？」

「…………ぁぁ、まぁ、ね」

やばいぞ、風俗で全部溶かしちまったなんて、口が裂けても言えないわ。しかも一晩でだなんて、俺の性欲が疑われてしまう！

さりげなく金のことから話を逸らして、なにやっていたのかを尋ねる。

「これから仕事で魔物を狩りにいくんだ。その途中でキミを見かけた」

「そうか、忙しいな午前中から。ところでイレーヌは見かけなかったか？」

「いや見かけてないが。一緒ではないのか？」

俺は悩んだ。これから仕事のクロエには悪いが、無理を言ってでも協力してもらったほうがいいかもしれない。

女心は女に訊け。少なくとも俺よりはイレーヌのことを理解できそうだしな。そもそも、このまま貴族街に行ったところで、困り果てるのは目に見えている。どこに復讐相手が住んでいるかなんてわからないのだから。

意を決して、俺は事情を説明した。話を聞き終えたクロエは、深刻そうな表情を浮かべた。

「魔物はともかく、貴族や商人に手を出せば罪を負うことになる。何より彼女には、その道に入って欲しくない……」

「貴族も商人も消えていいけど、その後にあいつが心を病まないかが気がかりで」

「……やはり、止めよう。まずは貴族だが、何か心当たりは？」

「いやさ、村で商人に名前聞いたはずなんだけど、記憶が曖昧《あいまい》で」

「思い出してくれ、キミだけが頼りなんだ！」

頼られちゃったので、頭をバシバシと叩いて必死に考える。というか、ずっと思い出そうとはしてたんだけど。

名前を聞いたとき、パスタっぽいなと感じた記憶があるような、ないような。

カルボ……カルボナーラ……カルボ……ラ――。

「カルボーラ！　確かそれだ！」

「カルボーラ男爵《だんしゃく》のことか！」

おおおおっ、通じた。さらにクロエは男爵の家の場所までわかるとのこと。

「けっこうな有名人なんだよ、彼は。異常なほど美に固執《こしつ》するんだ」

「なんでもいい、とりあえず案内頼むわ」

どうであれ、一筋の光が差し込んだ。俺たちはカルボーラ男爵家に脇目《わきめ》もふらずに直行する。

カルボーラの邸宅は、貴族街の西側にあった。白塗りの壁が目立つ屋敷で、庭にはこれでもかってくらいに薔薇《ばら》が植えられている。

見張りの兵を雇っているらしく、軽装備の男が門の前に二人立っていた。

「誰だ貴様等は？」

門前で誰何《すいか》された俺たちは、つい顔を見合わせる。来ることに夢中でなにも考えていなかった。

「わ、私たちは、カルボーラ男爵に面会したく、ここへやってきた」

つっかえながらも嘘を吐くクロエ。慣れないことをするから余計怪《あや》しまれている。

「どんな用で？」

「ええとだな、あれだ……ジャー、説明してくれ」

ここで俺にぶん投げるのかよっ！

「ご、ごほん。あれだ、ここの使用人になりたくてさ」

「使用人だと？　剣を持って？」

「あーこれは、護身用だな。絡まれることが多くてよ」

だろうな、と門兵は鼻を鳴らしてから二人で相談し始める。

「男も女もかなりのモノだと思うが、どう思う？」

「カルボーラ様に相談すべきだろうな。特に男のほうは……」

「あぁ、ムカつくくらいの色男だ。おまえ行ってこい」

相談が終わるなり片方が屋敷の中へ消えていく。内容からするに、容姿が一定の基準に達してないやつは男爵家の門すらくぐれないってことなんだろう。さすが美にこだわる男爵ってところか。

ちなみに、俺たちを査定《さてい》したやつらの容姿は、この街の平均よりだいぶ劣るわけだが。何か引っかかるな。

そう間をおかず、門兵が戻ってきた。どうやら面会の許可がでたらしいが武器の持ち込みはNGだそうだ。当然といえば当然である。仕方なく俺とクロエは武器を門番に預け、屋敷の中へ案内してもらう。

ちなみにもう片方の門番は、警備をほっぽりだして大急ぎでどこかへ走っていった。気にはなるが、今は男爵に会うことが最優先だ。

「ジャー、気を抜いてはダメだ。男爵は」

「わかってる」

耳打ちしてきたクロエに即座に返す。

さて、一階の客間らしきところに連れてこられた。

値の張りそうな調度品がいくつもある。一個でいいからもらえないだろうか。

広々とした客間の中央には、机を挟んでソファーが二つ置かれてあり、そこに黒髪の男が深く座っていた。

俺と目が合うなり――一瞬だけだが――激しい憎悪《ぞうお》を感じさせる表情を浮かべた。それを隠すように、すぐに笑顔に変わったが。

初対面だよな？　あいつ、明らかに俺を嫌ってる顔してたんだけど。

「ようこそ、当主であるステレイオ・カルボーラだよ。まずは座ってくれないか」

クロエからは四十手前と聞いていたが、どう見ても二十そこそこにしか見えない。口調も穏和だし、人当たりはかなり良さげである。加えて、眉目秀麗《びもくしゅうれい》だ。

言われた通り正面のソファーに座ると、カルボーラはまじまじと俺の顔面を見つめてきた。男にこんなに熱心に見つめられると……だいぶ気味悪りぃ。なんなんだこいつ、もう三十秒は口を開いてねえんだけど。

見かねたのか、クロエが声をかける。

「実は、尋ねたいことがあり……」

「君は黙ってろおおおお!!」

突然発狂したかのように目をむき、大声で怒鳴るカルボーラ。そして怒ったかと思えば、今度はハンカチらしき布を取り出して、その端《はし》を悔しそうに噛む。それから部屋の隅にある姿見《すがたみ》の前に移動して、必死に自分がかっこよく（?）見えるようにポージングをし始めた。

……うん、こいつ明らかに普通の人間じゃないわ。

「あのさ、面倒だから単刀直入に話すけど、ここにイレーヌは来たか?」

「……イレーヌ?」

「エルフのイレーヌだ。おまえが昔奴隷にしてた少女」

カルボーラは心底不思議そうな表情を見せる。

「なぜ君がイレーヌを知っている?　どういう関係なのかな?」

「あいつは今、俺のところにいるからな」

「――プッ。えっ、君あんな不細工《ぶさいく》を買っちゃったの?　いくら安いからって、あんなのをよくそばにおけるねえ」

口元を歪《ゆが》ませ嘲笑《ちょうしょう》するカルボーラに心底イラッとしたが、我慢して静かに告げる。

「おまえが腫らした顔は、すっかり治ってるよ。特殊な薬を使ったからな。今はグリザードでも一、二を争う美少女に戻ってる」

俺の話したことがよほど気にくわなかったらしい。やつは突然、壁に八つ当たりし出した。痛いオッサンにガンガン蹴られる壁のほうが不憫《ふびん》で仕方ない。

「せっかく壊したのに………どうしてそういうことするかなぁ……」

ここで、かねてより疑問だった質問をぶつけてみる。基本的に従順であるはずのイレーヌをなぜあそこまで痛めつけたのか、ということだ。間髪を容れず、答えが返ってきた。

「簡単だよ。美しかったからさ、僕よりも。……僕より身分が低いくせに、僕よりも美しい。そんなこと許されるはずがない。世界は時に間違いを起こすことがある。ならば、その間違いを修正してあげる必要がある。そう思うだろう?」

こういうことを真顔で吐いてきたので、とりあえずテーブルを派手にひっくり返しておく。

「世界が間違いを犯したとすれば、それはおまえを生んだことだろうよ」

俺が拳を鳴らすと、カルボーラはやれやれといった様子で首を左右に振った。そして、瞑目《めいもく》しているクロエに問う。

「そっちの君も同じ考えかい? 君だけなら、見逃してあげないこともないよ」

「……一つ質問したい。どういった理由で私たちを招き入れた?」

「確認だよ。僕より美しいかどうかのね。使用人になりたがる下流の者が、僕に勝《まさ》るなどあってはならないから」

なるほど、とクロエは小さく発した後、ソファーを持ち上げて怪力任せに壁に投げつけた。すげー音がして、カルボーラも門番も泡《あわ》を食う。

　こんなに怒っているクロエを目にするのは俺も初めてかも。

「――カルボーラ様、お待たせしました！　今の音は？」

　そのタイミングで、私兵らしきやつらがゾロゾロと客室に入ってきた。数は十人前後だ。その中には、さっきどこかへ走っていったほうの門番もいる。

　音を聞きつけて急いでやってきたというよりは、初めからここへ来る予定だったんだろう。どいつもこいつもご立派な武器を所持してやがる。

　さっき、門番はこいつら仲間を呼ぶために急いでいたと。つまり、ハナからリンチするつもりマンマンと。武器を預かったのも抵抗されないためと。

　すがすがしいほどのゲス一派で、逆にありがたいわ。躊躇《ちゅうちょ》なく戦えるもんな。

「選ばせてあげるよ。美しい顔のまま死ぬか、鏡を見るのが恐ろしくなるほど醜い顔でみじめに生きるか。どっちにしても、苦痛は免《まぬが》れないけどねえ！」

　手下の数が揃って俄然《がぜん》調子に乗り出したアホは無視して、俺たちを取り囲む兵に意識を集中。

　あ。

　俺とクロエの剣、ちゃっかり使おうとしてるやつらがいるじゃねえか。

「そういや、俺もおまえも素手《すで》じゃん。結構ヤバいんじゃねえの？」

「ジャー……わかってて言っているんだな。この程度の相手に、私たちが負ける可能性はゼロだよ」

クロエが断言すると、アホの男爵が笑い声をあげる。

「アハハハハ、幸せだね君たち！　どうせスライムあたりを倒して強くなったつもりなんだろう。本当に強い相手となんか戦ったことがない、この世間知らずのバカどもめ！」

世間知らずのバカはどっちなのか、五分後にはハッキリしているだろう。

そして五分後。

俺はバカの髪の毛を雑につかみ、姿見の前に立っていた。

「なあ世間知らずのバカさんよ、気分は？」

「ひぐ、ぐえぅ、も、ゆるじて……」

すっかり顔が腫れあがり、元の造形がわからなくなった男爵。目なんて開いているのかどうか定かではない。

自慢の手下たちは、全員ワンパンチKOされているので、もう頼ることもできない。

「因果応報《いんがおうほう》ってやつじゃねえの。十四歳の少女を毎日殴り倒しやがって。俺が出会ったとき、今のおまえよりヒデー顔してたからな。やり足りねえくらいだわ」

「ひいいっ」

追加でもう一発お見舞いしようとして、クロエに止められる。やりすぎだ、というよりはそんなことしている時間はないと言いたげである。

「聞かなくても大体わかるけど、ここにイレーヌは来てないよな？」

「き、来てない。本当だ、信じてくれっ」

嘘ではないだろう。あいつが復讐する気なら、こいつなんてとっくに死んでいるだろうし。

そうとわかればもう用はないので、カルボーラを放り捨て、武器を回収してから出口へ向かう。

すると、怨嗟《えんさ》をはらんだ声でカルボーラが叫んだ。

「ぼ、僕の手下はこの街のあらゆるところにいる。おまえたちの動向を追うなんて簡単だ。……貴族の僕にこんなマネをして、このままで済むと思うなよっ」

バカは死ななきゃ治らない、いやバカは死んでも治らないだったか。とにかく、こいつに付ける薬はないようだ。俺は壁に飾られている槍を手に取ると、カルボーラめがけて全力で投擲《とうてき》した。

槍は目標に吸い込まれるように飛んでいく。

「ひやあああ!?」

ザンッ。

穂先《ほさき》はカルボーラの頬、五センチ横を通過して壁に突き刺さった。本人に直接的ダメージはなかったが、精神的ショックを与えることには成功したらしい。

凄まじい臭いが、こちらまで漂ってきた。

「まさか、そっちをやっちまうとは……」

そこはせいぜいオモラシ程度に抑えておいて欲しかった。俺とクロエは鼻を押さえ、哀《あわ》れみの視線を男爵に送った後、悪臭部屋を出ていった。

◇◆◇

屋敷から出た俺たちは、次にどこを当たるか相談していた。

「貴族ではないとすると、奴隷商人か魔物か。どっちだと思う」

「わからない……が、キミたちが昨日見かけたという男性が気になる。そこに手がかりがあるはずなんだ。どんな様子だったのだ？」

「ボロボロの服着て、体力的にも限界そうだった。脇には兵士みたいなのがいたな。それからなぜか貴族街のほうへ歩いていった」

情報をなるべく正確に伝えると、クロエはしばらくの間考えこみ――。

「やはり魔物に襲われたのではないだろうか。それもかなり危険な。それを報告するために、門兵付き添いで公爵家《こうしゃくけ》に向かったのでは？」

奴隷商人にハメられそうになった可能性もなくはないと思うが、それよりは魔物と考えるほうが自然か。

あの男はこうつぶやいていた。「絶対に許さない、ひと……め」と。そのことをクロエに話す。

「ひと……め……？　一目……目が一つの魔物か！　イレーヌの故郷を滅ぼしたサイクロプスもそうだっ」

ひとめってのは、一つ目のことだったのかよ。

何はともあれ、これでイレーヌが豹変《ひょうへん》した理由が判明した。

そうであれば、まずは昨日の男を探し出してどこで襲われたのかを聞き出す必要がある。

俺はそう思ったんだけど、クロエにはもっと良い案があるようで。

「その彼を捜《さが》すより、てっとり早い方法がある。付いてきてくれ」

クロエの背中を追って街中を駆け抜け、たどり着いた場所は――真光の戦士。クロエの所属する冒険者ギルドだった。

なるほど、ここなら魔物の情報をつかんでいてもおかしくはない。

俺たちは受付嬢のシエラのもとへ行き、サイクロプスの目撃情報がないか尋ねた。

「あるわよ。つい昨日、キマリの森付近にある村が一つ滅ぼされたの。それをやったのがサイクロプス」

あの男はその村の唯一の生き残りだったらしい。サイクロプスは村を滅ぼした後、キマリの森の中へ姿を消したそうだ。

一つ目の怪物と呼ばれるそいつは、ギルドでも超危険生物として認定されている。元々南大陸には存在しないはずの魔物だったが、海を渡ってやってきたと。

大陸中で暴れ回っていて、いろんな国が迷惑している。そこで緊急事態を発動して各ギルドが協力し、トップクラスの冒険者たちでチームを組んで討伐に向かうらしい。さらに、公爵の私兵団もそこに加わるという超戦力。

やりすぎなように感じるが、それくらいしないとヤバい相手だそうだ。

俺が前に倒した怪物の中にも一つ目がいたが、たぶんそいつだろう。銀竜だったときはそんなに強い相手だとは感じなかったけど……今戦ったらどうなんだろうな。

しかし、いくらイレーヌとはいえ一人で討つのは難しい相手っぽいぞ。不安が胸を掠める。

シエラに礼を述べた後、俺はすぐにギルドを飛び出る。

討伐隊が動き出すのなんて待っていられないからな。

俺のすぐ後を追っかけてきたクロエが声をあげる。

「待ってくれ、私も手伝う！　一緒に行こう」

「悪りぃ……毎回世話になっちまって」

水臭いぞ、と曇りのないスマイルを見せるクロエ。冒険者なんて過酷《かこく》な職業で、よくここまで素直に育ったよな。お人好しすぎて、将来悪い男に引っかからないか心配すぎる。

あれ、もう引っかかってんじゃねえの？

俺たちは、グリザードの大通りを疾風《しっぷう》のごとく駆け抜けた。

◇◆◇

身を焦《こ》がすような陽光を放つ太陽も、この森ではその存在感が薄くなる。

見上げるほどの木々に見守られながら、少女は一歩一歩着実に目標との距離を縮めていく。森の中は涼しく、体力を無駄に浪費《ろうひ》しなくて済むのはありがたかった。

持てる力の全てを余すことなく、ぶつけなくてはいけない怨敵《おんてき》がいる。街の酒場で情報収集すると、欲しかった情報はすぐに手に入った。

そしてこの森に入ってすぐ、ソレへの道標《みちしるべ》がすでに完成していることに気づいた。

ワームと呼ばれる魔物の死骸をたどって行けばいいのだ。それに、道標はなにもワームだけではない。目玉のくり抜かれた鹿や狸といったものもあった。

森に入り、だいぶ歩いたところで、少女はとうとうソレを見つけた。相変《あいか》わらず、ソレは同じことを繰り返していた。

小動物の胴体を力任せに引き裂き、目玉をくり抜いて己の口に放り込む。味わうように咀嚼《そしゃく》して、下品なゲップを出す。

少女に握られた弓がギシギシと軋《きし》んだ。狩人は冷静であるべしという父の教えが脳裏《のうり》を掠めるも、神経がどうしても高ぶってしまう。

ふと、少女は振り返る。敬愛《けいあい》する彼の声が聞こえた気がした。それは空耳《そらみみ》であったが、彼女を落ち着かせるのに十分だった。

じんわりと心の内に罪悪感がにじみ出る。あれだけの恩がありながら、彼には不義理を働いてしまうかもしれない。

無理を言って同行させてもらっていたのに、結局何の恩返しもできなかった。

今回、戦いに勝利して再びあの宿に戻れる確率は、限りなく低い。それくらい、敵は邪悪《じゃあく》で強大。

――今ならまだ引き返せる。家族だって村のエルフたちだって、その選択を許してくれるだろう。

一歩、少女は後退する。

過去の呪縛《じゅばく》に囚《とら》われず、未来を生きるべきなのではないだろうか。

しかしそんな考えを少女は頭を振って追い払った。

その少女――イレーヌの人生の軌跡《きせき》を振り返れば、それは当然の行動なのかもしれない。

人生最凶《さいきょう》の日は、母の誕生日と重なる。

その日イレーヌは、父と兄と三人で朝からクルル鳥の狩猟《しゅりょう》に出かけていた。人間と同じように、エルフたちにも誕生日を祝う慣習がある。日頃世話になっている母に、この日くらいは満足してもらいたい。その願いがイレーヌを誰よりも奮起《ふんき》させ、兄や父よりも多くの獲物を狩ることを成功させた。

「おいおい、これじゃ兄の面目《めんぼく》が立たないだろ？　ま、妹の成長は嬉しいけどさ」

「ふふ、俺も父として恥《はじ》に思わねばな。だが、本当によくやった」

父も兄も自分を認めてくれるのが嬉しくて、つい顔を綻《ほころ》ばせる。物心ついたときからイレーヌは、家族を何よりも尊《とうと》いものだと思っていた。信頼し合い、助け合い、一つ屋根の下で暮らす。

村のエルフたちも皆優しく、思いやりがある者ばかり。村での生活は、イレーヌに幸せが何であるかを教えてくれた。この日々が永遠に続いてほしい。そう願っていた。

ところが、三人が山間《やまあい》にある村に戻ってくると、異変が生じていた。村中のエルフたちが倒れ伏していたのだ。すぐに駆け寄って声をかけるが、反応がない。皆すでに事切れていた。決して戦闘能力が低い者たちではない。村で育つエルフは、子供ですら弓を扱えるのだから。

そんな彼らが――女子供かまわず、目玉を抜き取られて死んでいる。明らかに異常。せめてもの救いは、死体の中にイレーヌの母がいなかったことだ。

三人はすぐに自宅へ向かった。

すると轟音《ごうおん》と共にドアが破壊され、中から母親を捕らえたサイクロプスが登場した。雲を衝《つ》くばかりの巨体に三人は声を呑むが、母がまだ生存していることに胸をなで下ろす。

「戦ってはダメよ！　逃げなさい！」

家族の身を案じての母の警告。だが、それがサイクロプスの癇《かん》に障《さわ》ったのか次の瞬間、母の首はへし折られた。

目の前で愛する家族を無惨《むざん》に殺され、イレーヌと父は茫然《ぼうぜん》とする。兄は激昂《げきこう》してサイクロプスに飛びかかった。

時間にして数秒だろうか。兄が戦闘を行えていた時間は。わずか一分足らずの間に、家族が二人も殺されることとなった。

気味の悪い声で哄笑《こうしょう》するサイクロプスに、イレーヌが矢を向けると、父がそれを制止する。

「イレーヌ、おまえだけでも逃げるんだ。俺が時間を稼ぐ」

そんなことはできないとイレーヌは強く抗議すると――頬をひっ叩かれた。背筋に電気が走ったようだった。

どんな間違いを犯したときだって、父が手を上げたことなどただの一度もなかったのに。

それが生まれて初めてのビンタだった。

「ずっと愛しているよ、イレーヌ。さあ、走るんだ」

死の淵《ふち》に沈みかけている局面で、父が見せた表情は慈愛に満ちていた。

走らなければいけない。そう感じたイレーヌは我が家に背を向けて、真っ直ぐ疾走する。

背後から敵が追ってくる気配は感じなかったが、父の安否《あんぴ》が気になり、イレーヌは首を回す。

視界に映ったのは、頭部を潰された父、そして笑顔でこちらに手を振るサイクロプスだった。

よく状況が呑み込めなかった。なぜあの怪物は自分を追ってこようとしないのか。

何もわからなかったが、父の言いつけ通りイレーヌはひたすら走り続けた。

そして気づくと、知らない山の中を歩いていた。遠くから滝《たき》の音が聞こえてくる。イレーヌは音に導かれるようにして滝にたどり着くと、顔を水で洗う。とめどなく溢れてくる涙を水で流したのだ。

しばらくの間、縮こまってやっぱり泣き続けた。そうせずにはいられなかった。やがて涙が涸《か》れると、途轍《とてつ》もない恐怖が襲いかかってきて、身を震わせた。

愛する家族も、優しかった村のエルフたちも、もういない。

大海に独り投げ捨てられた気分だった。

見慣れたはずの太陽や空ですら、得体の知れないナニカに感じられる。

誰も助けてくれない。好意を向けてくれない。自分には敵はいても味方はいない。そんな世界でどうやって生きていけばいいというのだ。

徐々に闇が世界に幅《はば》を利かせ始めると、怖くて怖くてイレーヌは頭を抱え――。

「ねえあなた、大丈夫？」

優しい口調だった。そして、鈴の音のような美しい声音。もし声をかけてきたのが男性だったならば、イレーヌはすぐに逃走したかもしれない。

けれど相手は、身なりの良い女性だった。

「あ、あの、む、村に魔物が……それで、私……」

上手く発せない言葉をどうにか紡《つむ》いで事情を説明すると、その若い女性は静かに、そして優しく、イレーヌを抱きしめた。怯《おび》えすぎて疲れ切った背中を何度もさすってくれた。

真冬の屋外に長く薄着でいたところ、暖炉《だんろ》のついた部屋に案内され、温かいスープを飲ませてもらった。そんな気分だった。

イレーヌは、もうこの人に頼るしかないと信じ込んだ。

その日からイレーヌはその女性と行動を共にすることとなる。数日もすると、彼女に全幅の信頼を寄せるようになっていた。心酔とまではいかないが、彼女はイレーヌにとって、唯一の希望であった。そして本当に心を開いていたからこそ――。

「ねえイレーヌ、この手錠《てじょう》はめてみてくれない？　最近購入したものなんだけれど、効果があるのか試したいの。すぐに外すから、お願い」

そんな彼女の言葉を信じ、イレーヌは手錠をはめてしまった。結果、彼女は豹変する。

「ごめんね～。アンタ、今日からあたしの商品になったから～」

全ては偽《いつわ》りだった。彼女は奴隷商人で、どうやってイレーヌを罠にはめるか、この数日策をめぐらせていたのだ。

無論、手錠を外してなどくれない。厄介なことにその手錠は魔道具で、装着した者の力を奪う効果があった。これによりイレーヌは彼女に逆らうことができなくなった。彼女が奴隷商人だと知ったのもそのときだ。

そうしてイレーヌは商品としてグリザードの門をくぐる。幸か不幸か、イレーヌの商品価値は非常に高いものだった。

エルフという種族は、人間の何倍も長生きをする。成人までは人間とほぼ同じ速度で成長するが、容姿の衰える速度が緩《ゆる》い。二百歳を超えても二十の頃と変わらない外見のエルフも少なくない。

そのため、他の奴隷たちの何十倍もの値が付く。にもかかわらず、イレーヌを買いたいという金持ちは多く存在した。

そして結局、イレーヌは、とある男爵に購入されることになった。

運命は、ますます悪いほうへ進んでいく。貴族の奴隷となったイレーヌは反抗的な態度を取らなかった。境遇に納得したわけではないが、耐えるほかに道はないと覚悟していたからだ。

だが、男爵はただただイレーヌを殴り倒した。鏡だけが置かれた薄暗い部屋に閉じこめ、毎日毎日顔や体を拳で叩き続ける。時には棒を使うこともあった。

なにか恨《うら》みを買うようなことをしてしまったのかと初めは考えたが、そんな覚えなどない。

ある日、彼がイレーヌを憎む理由が判明する。ただ単に自分より美しかったことが気にくわなかったようだ。加えて、永遠の美貌を持つエルフという種族であることも嫉妬の対象になっていた。

くだらない。心底そう感じた。

そうして、暴虐《ぼうぎゃく》の日々は続いた。

もはや原形がわからなくなるほどイレーヌの顔面が壊れた頃、彼女はあっけなく奴隷商人に返品された。

返品といっても、売り手側には返金の義務はない。つまり、男爵はただイレーヌを醜くするためだけに大枚をはたいたのである。

　顔さえ回復すればまた商品として高値で売れるため、女は初め喜んでいた。

　ところが、予想以上にダメージを受けており、傷を完治させるには超高額の費用がかかることが判明した。加えて、イレーヌは男性に触れられることに怯えるようになっていた。これでは満足な奉仕ができない。

　女はイレーヌをボロ雑巾《ぞうきん》の如《ごと》く扱うようになった。食事は一日に一食だけ。イレーヌはみるみる痩《や》せていった。辛かったのは女の仕打ちよりも同じ奴隷たちの虐めだ。

「あー気味悪い顔、目開いてるのそれ？」

「こんなブスに生まれなくて本当良かったぁ」

「あははは、泣いてるよこいつ」

　奴隷たちは満たされない日々を過ごしている。以前からイレーヌは美人だからという理由で虐めを受けていたが、顔がこんな風になってからは、それに拍車がかかった。

　貴族に買われる前は良くしてくれた人間もいたのだが、顔が変容《へんよう》して戻ってくるとまるで違う態度を取ってきた。それが壊れかけていた心に追い打ちをかけた。

　さらに運命はイレーヌに試練を与える。

　汚染病にかかってしまったのだ。エルフが新鮮な空気のある森を急に離れたりすると発症すると言われている病だが、イレーヌの場合はそれだけが原因ではないかもしれない。

異常なストレスにより、体の免疫力《めんえきりょく》が大幅に低下していたのだろう。

泣きっ面《つら》に蜂《はち》。しばらくは全ての元凶《げんきょう》であるサイクロプスを恨んだ。だが日が経つにつれ早く死にたいと考えるようになった。そんなときである。他の商人にタダ同然で売り飛ばされたのは。

新しい奴隷商人は、女よりだいぶまともな人間性を備えていたものの、救ってくれることはなかった。

あまりにもイレーヌが売れないので、オークションにかけられることが決定する。もし買い手がつき手錠が外れたら、即座に自殺しようとイレーヌは決心していた。

そうして出会ったのが、銀髪の青年だった。

購入が決定した後、青年は商人と話し込んでいたので、イレーヌは青年の連れの女性、クロエに引かれて宿へ向かった。

好機だ。そう考え、隙を見てクロエから剣を奪おうとした。ところが、部屋に入った瞬間、なんとクロエのほうから剣を差し出してきた。困惑しながらイレーヌがそれを受け取るなり、クロエは包むように抱きしめてくる。

「もし逃げたいのであれば、そうしても構わない。彼には私から上手く説明しておく」

耳元で、クロエは告げた。村で暮らしていた頃の自分であれば素直に感謝したことだろう。だが、少し前に似たようなことを体験したばかりなのだ。奴隷商人のときもこれで騙された。

ふざけるな。激昂したイレーヌはクロエを突き飛ばし、剣で喉元を突こうとして——固まってしまった。

涙がクロエの目から溢れ出していたからだ。演技？　でもなぜそんなことをする必要が……。

「私はイレーヌの感じてきた苦痛を知らないが、それでも……生きてほしい。たとえそれが、私のわがままであったとしても」

ああ、本当に自分のために涙を流してくれている。そう感じたイレーヌは剣を彼女に返した。

しばらくして青年がやってくる。そして、イレーヌの傷と醜い顔を完璧に治療してくれた。

それから、イレーヌの人生は好転していく。

——やはり、まだ死ねない。

過去には辛いこともあったが、幸せなこともあった。誰かを信じる心は一度壊されたけれど、それは二人によってまた修復された。

だから、敵討《かたきう》ちを果たして、二人のいるグリザードへ再び戻るのだ。

鋼《はがね》のような意志を胸に抱いて、イレーヌはサイクロプスへ矢を放つ。

イレーヌの殺気に気がつき、サイクロプスは飛来する矢を容易《たやす》くつかみ取り、ベキリとへし折る。

シンボルと言える禍々《まがまが》しい一つ目は、やはり動体視力が優れているようだ。

サイクロプスは己に仇《あだ》なす年端《としは》もいかない少女を見て――喜悦《きえつ》に満ちた表情を浮かべた。

13 悪意の一つ目、サイクロプス

キマリの森の中は、相変わらず不気味な雰囲気に支配されていた。遠くから鳥の鳴き声が聞こえることもあるが、基本的に静かで梢《こずえ》が小さく揺れる音すら聞き取れる。

自殺志願者とかが最終的に流れ着く場所じゃねえのここ。

そんな感想を抱きつつ、俺はクロエと北の方角から進入して南下していく。どこにイレーヌがいるのかわからないので、森中を捜し回るしか手がない。

軽く息を弾ませながらクロエが言う。

「この森で気をつけるべき魔物は、ワームとキラーウルフだ」

「ワームは知ってるな。その辺に生えてる毒キノコを口に放り込んでやると倒せるぞ」

「それは初耳だよ」

俺が編《あ》み出した撃退法は意外と知れ渡っていない倒し方らしい。

キノコはそこら辺に生えているので、取り放題だ。俺たちは素早く採取し、クロエ持参の袋に詰め込んで見事毒キノコ袋を完成させた。

「サイクロプスは難敵《なんてき》だと聞く。無駄な体力消費は避けたいところだよ」

「……あのよ、邪竜のときに一度一つ目の化け物と戦ってるんだよな。そんときは倒したと思っていたんだけど、逃げられたんだよ」

まさか死んだフリをされて逃げられるとは思ってもみなかった。何にせよ、かなり狡猾《こうかつ》ではあるんだろう。

逃げられた、という言葉を聞いてクロエが目を丸くする。

「キミから逃げ切れるレベルの相手なのだな……」

「いやいや、特に苦戦はしてないけどいろいろあってな。ただ、あのときと今は違う。それがちょっと気になってはいる」

現在邪竜の頃の力が戻っているのは竜手だけ。それも完全なものではない。毒の力も弱まっているし、爪を振り回す腕力は邪竜ではなく竜人のそれでしかない。

「完全体のキミを百とするなら、今のキミの戦闘力はどの程度になる？」

「適当だけど……一か二だな」

「そ、そんなに落ちるのか」

「基本的に肉体が全く違うし、ブレスも使えないのが痛い」

それでも一般社会を生きていくには十分な力ではある。けど、相手が強力な魔物となると楽勝とはいかないんじゃねえかな。

もちろん負けるつもりなんて欠片《かけら》もないが。

あー……少々正直に話しすぎちまったらしい。クロエの顔色が暗いものに変わってしまった。

顎に手を添え悩むような仕草をしてから、クロエは俺に黄《き》みを帯びたビー玉みたいな物を手渡してきた。

「魔玉《まだま》といって魔道具の一つだ。そこに魔法を保存することができ、使い切りの魔法として使用できるんだ。今渡した玉には、剣に雷属性を纏《まと》う魔法を込めてある」

「クロエが時々使う魔法だな」

「うむ。キミの剣は素晴らしいが、それでさらに攻撃力が上がるはずだ。あとは……」

急に口を閉じたと思ったら、クロエの指先に黄色い光が一瞬だけ生まれた。こちらが尋ねるより先にクロエが説明してくれる。

「感電しても耐えられるよう、雷属性の付与魔法をかけたんだ。キミならなくても大丈夫かもしれないが、念のため」

至《いた》れり尽くせりとはこのことか。

そもそも魔玉は、魔力切れを起こしたときのために用意しておくものなのだそうだ。デキる冒険者の嗜《たしな》みってやつだろう。とはいえ、冒険者でも魔玉を携帯しているやつは実は少ない。

なぜかといえば、この魔玉はかなりお値段が張るらしく、空の魔玉一つでなんとお値段五十万リゼ！

……俺の借金が順調に膨らんでいってて、怖くなるんだけど。

ちなみに魔玉は言葉一つで発動する。これは任意で決められるようだ。クロエはキーワードを「今こそ見せよう雷纏剣《らいてんけん》」に設定していると。

凄まじく発動したくなくなったわ。

そういやこのクロエという女……俺に戦い挑んできてたとき、いつも熱の篭《こ》もったセリフ吐いてから突っ込んできてたわ。意外と自分に酔うタイプだったりするのか。

「何にせよ、サンキュな」

「うむ、私たちが力を合わせれば必ず乗り越えられる」

そこからさらに南下していくにつれ、森の様相は次第に変化していく。暗い眼窩《がんか》の目立つ死骸が、多く転がっている。

ワームは元々目がないからいいとして、鹿やら狼の魔物やらも例外なく同じ状態だ。

「なんなんだこれ？」

俺の問いに、クロエが物騒《ぶっそう》なことを教えてくれる。

「敵はそう遠くない場所にいるのかもしれない。目玉を食せば食すほど、サイクロプスは強くなると耳にしたことがある」

イレーヌの村もそうだが、多くの村落がサイクロプスの犠牲になっている。

目玉を食ってレベルアップなんて、なんて薄気味悪い存在なんだよ。

◇◆◇

戦闘を開始して三分もすると、サイクロプスの基礎能力が凡百《ぼんびゃく》の魔物に比べ卓越《たくえつ》しているとイレーヌは痛感する。

イレーヌが射出する矢は並の使い手よりもずっと速く敵に到達する。弓魔法、風の矢の効果だ。

しかし何度矢を放っても、その鏃《やじり》がサイクロプスの肉体に食い込むことはなかった。届く前に金棒を駆使して全て叩き落とされてしまうからだ。巨体でありながら、敏捷《びんしょう》さも兼《か》ね備えているのだ。

イレーヌの顔に焦燥《しょうそう》の色が浮かんだ。

「どうシタ？　もうウタナイのカ？　オレはまだまだ元気ダゾ？」

「くっ」

「そんなんじゃ仇《あだ》なんてウテナイ、ウテナイ。のたれ死ぬダケー」

黄ばんだ歯をむき出しにして挑発するサイクロプスに、イレーヌは言葉を発すること なく憤怒《ふんぬ》した。日頃冷静な人物でも怨敵《おんてき》にバカにされればカッとなる。イレーヌもそう だった。

敵をどうにか傷つけようと無我夢中で矢を送り出す。急所を正確に狙った攻撃であった が、サイクロプスはそれを物ともせずに金棒を振り回してイレーヌとの距離を詰めてくる。

風の矢では倒せない。そう悟ったイレーヌは弓を限界まで引き絞り、高い貫通力を誇る 土の矢に変更する。魔法により矢それ自体を強化するもので、直撃すれば強固な石や鉄に ヒビを入れることだって可能なのだ。

イレーヌは片目を閉じ、的《まと》を確認した。肉体ではなく、金棒を狙う。武器破壊が目的。 激しく動く的《まと》に矢を当てることは元来非常に難しい。弓を握ったことのある者なら誰でも 知っていることだ。

だが、幼い頃から野山を走る魔物を狩り続けてきたエルフ族にとっては、難しいことではない。大事なのは余計な感情や思考を捨てること。

当たるだろうか。避けられたらどうしよう。そういった不安、そして怒りや恐怖。これらが指先を狂わせることが多い。

だから、波紋《はもん》一つない水面《みなも》のような心で以《もっ》て矢を放て。それが父の教えだった。先ほどはついカッとなったイレーヌだが、元来自制心は強い。父の教えを思い出しながら、貫通矢を射《う》った。

「――くッ⁉」

イレーヌの口から短い音が漏れる。矢は完璧な軌道《きどう》を描いていた。だが相手は、こちらの狙いを読み取っていたかのごとく跳躍《ちょうやく》した。矢はサイクロプスの足下を素通りする。

「ハははハはハ！」

笑い声をあげ、着地と同時に金棒を振り下ろすサイクロプス。一時は動揺していたイレーヌだが、横に転がって冷静にこれをかわす。そして体勢を立て直すと、すぐに足刃《そくば》を出して迎撃の構えを取る。

近接戦は分《ぶ》が悪いと考えていたので避けていたが、そうも言っていられない。

サイクロプスは風を重く唸《うな》らせながら金棒を振り回す。イレーヌはそれを冷静に見極め、どうにか避ける。しばらくは防戦一方にならざるを得なかった。

金棒の一撃は、かすっただけでも無事では済まない。それを軽々と扱うのだから脅威《きょうい》以外のなにものでもない。

「覚えてイるゾ、あのエルフの村にイタ娘。覚えてイるゾー。あのときハ楽しかっタナア！」

戦闘の最中だというのに大きな目を細め、思い出し笑いをするサイクロプスにイレーヌの感情が爆発する。

「私の家族をよくも！」

過去の悦楽《えつらく》に浸《ひた》ったがゆえの一瞬の隙。手が止まったサイクロプスに対して、イレーヌの蹴りが見事に決まる。

ブーツの先から飛び出ていた鋭利な刃が、サイクロプスの首元を大きく裂く。クリティカルヒットといって良い攻撃だった。

タールのような黒い血液が激しく噴き出した。ぐるんとサイクロプスの目玉が動き、上を向きっぱなしになる。震えた手で傷口を押さえ、苦しそうに口を何度か開閉させた後、声を漏らすことなく地面に落ちた。

ズシン、と巨体が地面にぶつかる音が森に響く。

「ハァ、ハァ……」

イレーヌの乱れた息遣い。静謐《せいひつ》になった世界では、やけに大きく聞こえた。サイクロプスは、死んだように動かない。いや死んだのだろう。

どんな強大な力を持っていようと慢心《まんしん》は死を招く。格下だと判断して油断したがゆえの結果。

ザマーミロ。仇討ちを果たした達成感があってもいいはずなのに、なぜかイレーヌの中にはそういう気持ちが一切ない。ただただ虚《むな》しい。あるのは、そんな空虚感《くうきょかん》だけ。

それでも、遠いところにいる家族に報告する。

「お父さん、お母さん、お兄さん……全ての元凶は討ちました。どうか安らかに眠ってください」

暗い森の中から空を見上げ、イレーヌは黙祷《もくとう》する。家族の魂《たましい》がどうか安らかに眠るように。

だが。

黙祷《もくとう》は遮《さえぎ》られる。目を開かずにはいられなかった。嫌な予感が全身を襲ったのだ。そして瞳に映った光景にイレーヌは声を呑む。

討ったはずの敵が、山のようにしっかりと立っていたからだ。

首を少し傾け、滅紫色《けしむらさきいろ》の舌をベロッと出して、こちらを小馬鹿にしたような顔をしている。

「ど、どうして……」

言葉に詰まる。

確かに自分は急所を切り裂いた――えっ⁉　イレーヌがそこで動揺したのは、サイクロプスの首元にはなめらかな皮膚があったから。切り傷が消えていたのだ。

「ざ～んネ～んデ～～シタ～～～～」

間延《まの》びした声を出すなり、放たれる悪意の狂拳《きょうけん》。不意をつかれたイレーヌに対処のしようがなかった。無防備だった胴体がメキメキと泣く。体は浮き、吹き飛ばされ、樹木の幹《みき》に背中から衝突する。

何かが込み上がってくる感覚。肉体が耐えきれず、血液を吐き出す。咳《せ》き込んでから、イレーヌはうずくまる。激烈な痛みに支配される。

先ほどの一撃であばらが何本か折れたのだろう。呼吸をするだけで、むき出しの神経に直接触れられたような痛みが襲ってくる。

それでもイレーヌは戦士だった。気が遠くなるような痛みに耐え、弓を探す。

――遠い。

殴られた際に落としてしまったため、今の場所から何メートルも離れた所にある。

どうにか動こうとするイレーヌだったが、サイクロプスに胸ぐらをつかまれ持ち上げられてしまう。

「強イ。やっぱりエルフは強イ。オマエたちの目玉を食ったアト、オレはすごく耳が良くなっタ。感覚も鋭くナッタ。オマエは強イ。食べたら、また強くナレル」

「くっ、放……」

「抵抗スル？　イイ、とてもイイ。戦士のアカシだから。そういう相手にはいつも褒美を与えル。オマエの家族にもそうシテあゲタ」

首に圧力がかかり声を出すのも苦しかったが、イレーヌは訊かずにはいられなかった。

「ほ、うび……なにを……」

「聞きタイ？　じゃあ教えてヤル。オマエの家族には特別にオレの排泄物《はいせつぶつ》をプレゼントした。目玉を奪ってカラ首を切って、目の窪《くぼ》みのトコロにいっぱいウンチしてやったタ。それカラそれカラ、頭を蹴って遊んダ。でも頭の形悪くて真っ直ぐに転がらナイ。変な方向に飛んでイク。だからオレ、怒った。頭三つ、踏み潰した。ブチュッって窪みからオレのウンチはみだしたノ、凄く面白かっタ。オレ、また機嫌良くナッタ。だから、ご褒美に余った体のほうも触ってアゲルことにシタ。足をもぎ取って首に生やしてミタ。足エルフ、面白かったタ。あと心臓とか内臓も何となく取り出シてミタ。でもすぐに飽キタ。少ししたら、カラスがやってきて余った肉全部食べてたナ。嬉しかったんジャナイカ？　オマエの家族。残さず食べてもらエテ」

「あぁぁあぁぁああ！」

取り乱すようにイレーヌは叫ぶ。そして言葉では表現できぬほどの憎しみを込めた拳を放つ。

パシッ。しかし、それはサイクロプスの手のひらに収まってしまう。赤子の手をねじるように、サイクロプスはイレーヌの手を捻る。細い腕はいとも簡単に破壊されイレーヌは耐え難《がた》い痛みに絶叫した。

「アァ、凄くイイ声してるナ。……あのとき、やっぱり逃がシテおいて良かっタァ」

「ううっ、に…が……た……？」

「ソウ、わざと逃がシタ。オレ、村とか破壊するとき、わざと強そうなやつを一人生かしてオク。何でかっテいうト、そういうやつは復讐するためにオレのところに戻ってクルカラ。凄く強くなって戻ってクルカラ。強いやつの目玉を食べれば、オレはもっと強くなるナ？　ダカラ、わざと、生かす。あとで、殺すためニィ！」

この間のボロボロの男もまた、サイクロプスに選ばれた人間だったのだ。彼もイレーヌも、そして見たことのない他の誰かも、みんな命を弄《もてあそ》ばれている。ただただ、この化け物の力の一部になるために存在している。

そんな現実を十四歳の少女が受け入れられるはずがない。絶対に認めたくない。許せない。絶対に殺してやる。まだだ。まだ負けていない。弓がなかろうと、まだ足刃は残っている。イレーヌは力任せに蹴った。

刃の先端がサイクロプスの太股《ふともも》に食い込——まない。大理石に刃をぶつけたかのごとくパキッと刃が折れてしまった。どうしてなの……？　悔しさと絶望で目に涙が溜まる。

「クフフ。昔、体の一部を硬化《こうか》させセル能力のある魔物の目玉を食ッタ。いっぱい食ッタ。そしたらこういうことデキるようになッタ」

他者の目玉を食らうことでますます強くなるのだ。他にも能力を有しているかもしれない。だがイレーヌは諦めない。闘いはまだ終わっていない。

まだ無事な左手で目潰しを仕掛けたが、そちらの腕も破壊されてしまう。

「うぅあっ……」

「悲しいナァ、弱いって悲しいナァ。そして嬉しいナァ。強いって嬉しいナァ。弱いやつを馬鹿にシテ生きるのッテ、楽しいナァァアァア！」

この世界では――いいやどの世界でも――強いやつが勝つだけ。それが絶対的かつシンプルな世界の在《あ》り方。

正しい者が勝つわけでもないし、悪を働いたものに天罰がくだる仕組みでもない。ただ単に強いやつがいつだって偉いだけ。

誰にも討たれなかった暴君だって何人も存在する。こらえようのない悲しみを胸中で叫びながら死んでいった者たちも少なくない。

だから時として、人は世界と神を呪《のろ》う。

「じゃあ、次はオマエの目玉、もらうゾ」

輝きの失われたイレーヌの瞳に、悪の手が迫る。

◇◆◇

非常にマズい状況になっていた。

死体の数がどんどん増えていくので、サイクロプスはそう遠くないと俺たちが確信した直後、地中から何かが移動してくる音がした。

そしてかっこよく登場してくれたのが、お馴染《なじ》みの彼ら、ワーム君なわけ。

だけど今回は、どういうわけか数がべらぼうに多い。五体に取り囲まれちまって逃げ場がない。

「さすがに多いな」

苦笑するクロエの肩に俺は手を乗せる。

「忘れたのかよ。こういうときのためのアレだ」

「……!? そうか、アレか！」

「そうそう」

つい先ほどワーム抹殺《まっさつ》用の道具を作成したばかりなのだ。その名も毒キノコ袋！　ワームたちの狙いは完全に俺だ。クロエより体が大きいので仕方がない。

ブラックホールみたいな口の奥から吐き出される酸を、体を捻ったりジャンプしたりブリッジしたりして器用に避けつつ、毒キノコをワームの口に投げ入れる。

そう時間をかけることなく、敵を一掃《いっそう》することができた。あいつらが口を閉じるという行為を身につけない限り、この攻撃は有効だろう。

「一体誰だよ、こんな天才的な技発明したやつ」

「キミだろう」

「あ、そうだったわ。俺か」

「でも確かに良い倒し方だよ。この森には毒キノコが多いからね」

「おう、じゃあ行こうぜ」

「うむ」

百メートルも進まない内にまたワームが登場したものの、瞬殺して先を急ぐ。どうせ攻撃されるのは俺なので、避けることだけに集中する。その間にクロエが毒キノコを使って始末する。

ワームは地面に染み込んだ新鮮な血液に反応する習性がある。この辺の死体は死んでそれほど時間が経過していないのかもな。

どうであれ戦い方を確立したので、もはやワームは問題じゃない。

このまま一気呵成《いっきかせい》にサイクロプスも倒してしまおう。そう調子に乗ったところで、また魔物に遭遇した。

今度はワームではなかった。ザクロのような赤い毛を持つ狼だ。サイズは普通の狼よりは一回り大きい。これがキラーウルフってやつなんだろう。

数は九、十、十一……ちょっと多すぎだろ。ゾロゾロと次から次へと登場してくるんだけど。

「なんだってこんなに集まってくるんだ？　俺たちが呼び寄せるようなことでもしたの？」

「そうではない。あれだ」

クロエの視線の先には地面に横たわるキラーウルフ。例に漏れず、目玉が欠損《けっそん》している。

「この魔物は普通の狼と似ていて群れをなすことが多い。そして仲間意識はかなり強い。仲間がやられたので、報復に来たのだ」

俺たちが仲間を殺したと勘違いしているようだ。まあ状況から見れば、そう捉《とら》えられてもおかしくはないのだが。

二、三匹ならまだしも、これだけの集団になると手間取りそうだ。

「ちっ。急いでるときに限って」

「先に行ってくれ、ジャー」

「……いくらおまえでもキツいんじゃねえの」

「キツいかキツくないかで言えば、キツい。けれど私は、これより困難な場面をいくつも乗り越えてきた」

いつも以上に凛《りん》とした様子のクロエに俺は迷う。

ガルルルゥと吠え、涎《よだれ》を垂らすキラーウルフは単体でもそれなりに強いだろう。鋭い爪《そう》牙《が》と俊敏性《しゅんびんせい》がウリのはずだ。ここは二人で戦ったほうが……。

すると、煮え切らない俺の目をクロエは真っ直ぐに見つめてきて――。

「ここで手間取れば、手遅れになってしまうかもしれない。大切な人を失うことは何よりも辛いことだ。私は、何があってもイレーヌに生きていてほしい。キミは違うのか？」

「……そう……だな。大切なやつらを失うのは……嫌だな」

脳裏をよぎったのは死んでしまったスライムたち。泣いてる場合じゃねえのに、目頭が熱くなる。乙女かよ。頬をひっぱたいて歯を食いしばる。

「よく考えりゃ、おまえには魔法があるんだよな」

「その通りだ。広範囲に攻撃することもできる。ここは私が食い止めるから、キミにはイレーヌを任せたよ」

そもそも俺がいると、こいつは本領を発揮できないのかもしれない。味方に魔法が当たらないか気を遣って戦うことになるもんな。

「んじゃ、信じるわ」

「信じられた」

俺はうなずくと先の道へ目を向ける。一歩踏み出そうとして、言い忘れていたことを告げる。

「俺の死んでほしくないリストには、おまえも入ってんだけど」

「…………………ふっ、大丈夫。絶対に死なないから！」

うお、なんかだいぶ間があった後、めちゃくちゃ元気になったぞ。

俺が親指を立てると、クロエも同じようにする。

それから俺は行く道だけに意識を集中した。俺が走り出すと何体かが追ってくる気配を感じたけど、後ろは確認しなかった。

信じるっていうのは、そういうことだと思う。すぐに鳴っている足音は俺のものだけになった。

それにしても……おびただしい数の死骸だ。この森の生物を皆殺しにするつもりなのだろうか。ここまでくると狂気じみてて笑えねえわ。

木々を何十本とかわした頃、ようやく目当ての人物の声が耳朶《じだ》に触れた。それは悲鳴で、俺は嫌な予感に胸をかきむしられながら全速力で駆ける。

小道を抜けた先、広まった場所に、イレーヌとそいつはいた。

「ンン？　また誰かキタ。この前の男カナ？」

ぎょろっとした大きな目でこっちを見るサイクロプス。

あの気味悪い目や皮膚には見覚えがあった。やっぱりあのとき倒した魔物で間違いない。

サイクロプスの野郎は、イレーヌを持ち上げ、クチャクチャと気味悪く口を動かしていた……ので超全力でドロップキックをわき腹にかます。

「グゥッ⁉」

助走たっぷりの俺の一撃に、車に撥《は》ねられたみたいにサイクロプスが飛ぶ。灌木《かんぼく》に頭から突っ込んだのを確認してからガッツポーズを取る。

ざまーみやがれ、目玉野郎が！

……おっと、あんな馬鹿に気を取られている場合じゃねえな。

あいつから解放されて落ちたイレーヌを抱き起こそうとして――俺は下唇を強く噛んだ。

「イ、イレーヌ……。おい生きてるかイレーヌっ」

「…………う……」

かすかにだが反応した。ひとまず良かった。死んでないなら何とかなる……とはいえ、酷いもんだった。

両腕があらぬ方向に曲がっていやがる。これじゃ腕は使い物にならねえし、何より痛みが辛いだろう。損傷《そんしょう》は両腕だけじゃない。

目だ。

両目がなくなっていて、流れた赤い血が白い肌を残酷《ざんこく》に染めていた。あの化け物がさっき、ガムを噛むみたいに口を動かしていたのは、イレーヌの目を食していたのだ。

ダメージも相当だし、もう虫の息だ。ショック死していなかっただけでも喜ぶべきなのかもしれねえ。

「とにかく、もう大丈夫だからよ」

「……ご……主人、様……あぁ、どう……して……」

「おまえさ、探すの大変だったんだぞ。復讐するにしても、俺に書き置きくらいはしていけよ」

「ご、めん……なさい。でも、でも、すごく嬉しい……死ぬほど嬉しい、です」

本気で死にかけてるってのにイレーヌは笑顔を作る。もし目が無事だったら涙も流れていたかもしれない。

俺は触っても大丈夫な箇所を探し、結局頭を撫でてやることにした。

「暗い世界はもうお終いだ。今治してや……」

「ハハはハハはははハハ!!」

ちっ、もう復活しやがった。金属バットが可愛く見えるほど凶悪な金棒を振り回しながら、サイクロプスが急迫《きゅうはく》してくる。

逃げることはしない。俺はイレーヌを後ろに置くと剣の柄《つか》を強く握りしめて向かっていく。

「一撃必殺ゥゥ!」

脳天めがけて振り下ろされた鉄の棒を剣の腹を使って受け止める。意識が飛んじまいそうな衝撃に見舞われた。とんでもない力に剣が壊れるかと思ったが、そこは名剣。ヒビ一つ入れずに耐えてくれた。

けど……やべえな。やっぱり今の状態だと、こいつは強敵になるだろう。近づいてわかったが、体格差もかなり開きがある。

昔の戦闘感覚で戦っていたらすぐに足元をすくわれるだろう。こいつかなり卑怯《ひきょう》だしな。

意識の帯を引き締め、両手で支えていた剣を押し返す。金棒が上がり、サイクロプスの胴体が無防備になる。本当なら目玉を狙うべきなのだろうが、そこは余ったほうの手でしっかりガードしてやがった。

与えられた隙は一秒程度。胴体を斬るしかない。

「ヒッ」

やられると瞬時に悟ったのかサイクロプスの顔が恐怖に歪《ゆが》む。無論そんなのは気にせず、十分に踏みこんでからの袈裟《けさ》斬《ぎ》り。

形としてはだいぶ綺麗に決まったはずだし、俺も斬る瞬間まで、皮膚を斬り裂くことができると考えていた。思い込んでいた。

ダメだった。肉を斬った手応えがまるでねえ。

なんかすげー硬い金属を斬りつけたような感覚。

こっちは斬り下ろしのモーションを最後までやり切ってしまっている。当然、斬り終わった後に――わずかとはいえ――硬直がある。そこを突かれた。

コンパクトにスイングされた金棒が左腕に当たると、鈍い音がして体全体が地面から離された。

だいぶ吹っ飛んで、勢い余ってごろごろと転がった。

当然ダメージはあるのだが、追撃に備えてすぐに体勢を立て直す。サイクロプスは追い打ちをかけてはこなかった。

ニヤニヤしてこちらの様子を観察している。余裕ぶってチャンスを自《みずか》ら殺してくれるなら、俺にとって幸いでしかない。

左腕のダメージを確認する……よし、痛てぇけど普通に動くな。

どうも、あいつは俺が苦しみ悶《もだ》えるところを期待していたらしい。腕が機能するのを見た途端、声量を上げて問いかけてきた。

「どういうことダ！　ナンナンダ、オマエ？？　人間でアレに耐えられるなどありえナイ」

「なにがありえナイ、だ。目の前で耐えて見せただろうが。全く痛くなかったわ」

左腕をぐるぐる回して無傷アピールしておく。本当はズキッとしたけど顔には出さない。

「斬れルと思っタァ？」

むしろ爽《さわ》やかスマイルを作ってやった。

「……気持ち悪いヤツ」

「あ？　おめーに気持ち悪いとか言われたくねえんだよ。鏡見ろ。この世の失敗作を拝めるぞ」

サイクロプスは人間並に感情が豊かなのかもしれない。俺の挑発に明らかにイラついていた。口端がヒクヒクと引きつるからすぐにわかるわ。

それはそれとして……あの肉体はどうなってる？　この名剣でも傷つけられなかった。あの様子だと突いても無駄だろうな。

でも気にかかることがある。最初にドロップキック入れたときは、あそこまで硬くなかったような……。

部分的に硬化できるんだろうか。だとすりゃけっこう厄介だ。

……あっ。

俺は眉を持ち上げた。良い案が浮かんだのだ。

さっそくポケットに手を突っ込むが、サイクロプスが襲撃してきてそれどころじゃなくなる。大きめにバックステップし、薙《な》ぎ払い攻撃をギリギリでかわす。肉体だけじゃなく金棒もビッグサイズで、長さは百八十センチくらいはあるんじゃないかと思う。

打ち振られると、風圧を顔に感じていちいちウザい。

「何か思いつイタ。そういう顔ヲしてイタ。オレは鋭イ、すぐわかるゾ」

「あっそ」

敵のデキるやつアピールを適当にスルーしたら、案の定イラついて攻めてきた。まずは反撃せず、被弾《ひだん》しないように、そしてなるべく後ろに下がるようにして闘う。

とにかく、あいつの頭の中からイレーヌの存在を忘れさせたい。今のところ俺に夢中っぽいので大丈夫だろうが。

ヴォンヴォンと耳障《みみざわ》りな音が鳴る中、忙しく動きながら敵の五体を観察する。

人間と酷似した構造。そしてたぶん、男のような気がする。もしこれで性別が女だったら気色悪すぎる。一応腰布みたいなのも巻いているし、男だろう。

なら金的とか通じるのか？　不意を突けばいけるかもしれねえな。

「なかなかすばしっコイ、これデどうダ？」

機動力を潰す作戦に出たようだ。下段に払われた金棒を俺はタイミング良くバク転で避ける。着地したらすぐに片手を使った側転に移り、敵から距離を取る。この際に、地面の土の性質を確認しておく。しっとりしたタイプのものだったので、すぐに剣先を下に刺し込む。

もの凄いフットワークで肉薄してきたサイクロプスに対し、剣を思いっきり振り上げる。直接攻撃が目的じゃない。土を飛散させるのが狙い。

「グゥ……」

無駄に目がデカいやつには効果覿面《てきめん》だった。目潰し成功。間髪を容れず、三日月を描くように剣を奔《はし》らせる。

敵の股下から侵入した銀刃が、オスの弱点に突撃した。

ザクッ、ではなく、キンッ、だった……。残念ながら、効果的ではなかったということ。

「本当に、人間ッてワンパターンだナー」

サイクロプスと目が合った瞬間、側頭部に絶大なインパクト。頭を強打され、視界が揺らぐ。猛撃はそこで終わらない。力任せの暴力が俺を支配した。右から左から上から打撃の嵐だ。反撃する間もなく十発近く良いのをもらう。

だが、まだ体は動く。野球のバッティングのような大きなモーションに入ったサイクロプスに斬りかかり――腹にホームラン級のをもらう。

まるでボールのように飛ばされ、細木を二本背中でへし折って三本目でようやく止まる。

「ゲホッ」

腹をやられたからか、内臓から血が駆け上がってきやがった。頭の傷からもポタポタと血が流れ落ちる。それらは地面に吸い込まれていった。

傍《はた》から見れば、とんでもない劣勢《れっせい》に映るのだろう。実際あちこち痛む。でも俺は、まったく負ける気がしていない。

地球にいたとき、ムカつくやつはいっぱいいた。老人を騙して儲けてるやつとか、社員を使い捨ての駒としてしか見ねえ経営者とか、男をATMだと認識している女とか、人の業績を自分の手柄《てがら》にする野郎とか。

でもそのどれもが、あの目玉野郎の前では霞《かす》む。

魔物だからとか関係なく、最高にイラつくタイプだ。

「お、まえ……わざと……だろ?」

「ンン? 遠くて聞こエナイ、ワ、ザ、ト?」

「イレーヌを逃がしたの、わざとだろって言ってんだよ」

「……そうイうコトカ。ウン、ワザトワザト」

口端を大きく持ち上げて楽しそうにしている。

ここまで闘ってみて、こいつはその辺の魔物よりはずっと強いと実感した。イレーヌの村だって、きっと易々《やすやす》と潰したのだろう。

そんなやつが、そう簡単に逃走を許すはずがないんだよな。イレーヌの件だけなら偶々《たまたま》と考えることもできる。けど、昨日のボロボロの男だって生き延《の》びている。その事実に、こいつの性格を加味すると真実が見えてくるのだ。

「自分に、復讐しにやってくるやつを、遊んで殺してんだろ」

「ソウソウ、よくわかッてるジャナイカ。それハ楽シイ、とても幸せな時間ナンダ」

俺はヨロつきながらも立ち上がり、唾を吐き捨てる。

「怒ッテル？　何を怒ル？　オレ、何か悪いことシタカ？」

こいつは全部わかってて発言しているわけ。相手の怒りの感情を最も高める言動を常に選択している。そんなことは頭では理解しているけどよ、それでもなかなか我慢できない。

「てめえ、胸糞《むなくそ》悪すぎだろうが」

「ハハははハ！　ダカラ何ニ怒ってルンダ？　人間の手足を生きたママ一つずつ引き抜いた話？　それトモ殺したアトに糞尿《ふんにょう》かけた話？　ア、恋人同士ヲ殺し合わせたときノやつカナ？」

「……」

「あのときハサ、殺し合いデ勝ったほうを助ケルって言っタんだよナー。そしたら本当に闘いが始まッタ。テッキリ『ふざけるな！』って立ち向かってクルと思ったノニ、殺し合いを始メタ。オカシカッタナァ……オカシカッタナアッ！　だってさっきマデ『愛してる』トカ言ってたんダ！　『絶対に守る』とか言ってたんダ！　なのに、自分が助かりたいカラってお互い殺し合いを始メタ‼　笑いが止まらなかッタヨ！」

「あぁ……マジでムカつくわ……」

「人間ッテ素晴らしイ！　嘘の生き物ダ、オレにちょっと似てイル！　でも弱いのが残念！　ダカラ、オレの遊び道具ニなっチャウ！　……ああソウダ、あの話を聞かせてやろうカ。昔、仲の良い家族がいまシタ、デモある日」

「――今こそ見せよう雷纏剣《らいてんけん》」

クロエからもらった魔玉の力を解放する。雷属性の効果によって剣身が金色に輝く。時折、バチバチと小さく火花が散る。さすがクロエの魔法が込められているだけあって、効果は十分すぎるほど。

「アレ？　まだ話の途中なノニ、聞かないノカ？　聞けヨ！」

「うるせえ。ペラペラと饒舌《じょうぜつ》になりやがって」

「フー。その雷ノ剣がオマエの切り札《ふだ》だったンダナ。デモそれがオレに効くカナァ」

「試してやるよ」

受け身に回るのは、もうやめだ。俺は足の指に力を込め、一気に地面を蹴る。韋駄天《いだてん》走りで真っ直ぐに進み、高く跳躍、宙でぐるんと縦に一回転してサイクロプスの脳天に剣を振り下ろす。

ガキンと金属衝突音が派手に鳴る。金棒で受け止めたサイクロプスが表情を歪《ゆが》める。さっきまではその対応で良かったのだろうが、今は事情が違う。

感電したのか、サイクロプスの動きが停止した。

俺は着地ついでに膝を曲げ、タメを作った状態からバネを活《い》かして上段に突きを放つ。狙いは縦長の瞳孔《どうこう》を持つ赤い眼球。

「ヌウゥ」

体の自由が戻ったらしく、ギリギリでかわした。ちくしょう、今のは決まったと思ったのだが。

気を取り直して連撃を繰り出す。無理に弱点を狙うというよりは、サイクロプスを受け身にさせる。手数で勝負だ。

「グゥ、グゥゥゥ、グォオ……」

たとえ剣そのものがガードされようと雷属性によるダメージは入る。サイクロプスは旗色が悪くなり、悔しそうにつぶやく。

「ナゼダ……雷耐性のアル魔物を食ったコトもあるのニィィ……」

「俺もおまえも借りモノの力だ。なら、提供元が協力的か非協力的かが関係してるんじゃねえの」

「……」

口数の減らないこいつにしては珍しく反論してこない。適当に言っただけなんだけどな。

ちなみに、雷纏剣《らいてんけん》がこいつに効いたのは、単純にクロエの魔玉の性能のおかげだろう。

さらには、戦闘の最中だというのに俺から目を逸らした。その視線の先には目が見えないながらも立ち上がろうとしているイレーヌ。

思考が読めてしまい、ついカッとなる。力任せの一文字斬りが金棒を弾き飛ばした。

サイクロプスは遠くに転がった武器には目もくれず走り出す。もちろん俺に背中を向けて。イレーヌをゴールとした短距離走が始まる。

巨体に似合わない快速ぶりを発揮するサイクロプスを追い、俺は剣が届くところまで接近すると、後ろから剣を持ち上げ、振り下ろす寸前で停止する。

わずかだが、サイクロプスのほうが速かった。イレーヌを盾にしたのだ。

「私ごと、私ごと斬ってください」

視覚がなくても状況を把握しているのだろう。イレーヌの声色には、強い信念のようなものが感じられる。自分の命を犠牲にしてでも仇《かたき》を討ちたい。または……俺の敵を排除するためには、死もいとわない……か。

俺は構えを解かないが、天に向けた剣を振り下ろすこともなかった。

今なら確かに討てるかもしれねえけど、そんなことしたら何のためにここに来たんだ。

こちらが攻めあぐねていると、サイクロプスが平素よりトーン高めに話す。

「やっぱりデキないカ。デモ、さっきハ危なかッタ。オマエ、強イ。普通の人間じゃナイ」

「だったら、なんだよ」

「オレと――組まないカ？」

しばらくの間、蟻《あり》の行進する音すら耳に届きそうなほど森は静かになった。

あまりにも馬鹿げたお誘い。言葉を失ってしまうのも無理ないだろう。その場凌《しの》ぎというよりは、どうも本気で言ってるっぽいのでタチが悪い。

「組む、と言ってモ、利害関係で結ばれタ仲ダ。オマエは強イ人間をオレのところに連れてくル。オレはそいつの目玉を食ベル」

「で、そっちは俺になにを提供すんだよ」

「金銀財宝デどうダ？　今までは必要ないカラ、無視してキタ。デモ、その気になればオレはいくらでも入手デキル。それを全部、オマエにヤル。苦労しなくてもお金いっぱい入ル。人間、金、大好きダロウ？」

なるほど、こいつは村を潰したり人間を襲ったりなんて日常茶飯事《さはんじ》。貴族や金持ち商人を殺すことも可能だろう。人間の法に従わない存在ならば、金なんて簡単に入手できると。

まさか、俺が借金してることまで見抜いてるんじゃねえだろうな。

ゆっくりと視線を下に落とす。声を殺して下唇をぎゅっと噛むとイレーヌが映った。空虚な眼窩《がんか》、血の付着している顔、限界に近い肉体。全部が痛々しい。

今もそうだけど……ずっとこうやって我慢してきたんだろう。騙されても、理不尽《りふじん》な仕打ちを受けても。

「………具体的に、どのくらいの金額だ？」

「オレは金のことはワカラナイ。デモ、今までは宝石を持っているヤツなんかもイタゾ」

「大金だな。簡単に大金持ちになれちまうか」

サイクロプスは心底不思議そうに首を傾げる。

「ナゼ、オマエはそれをシナイ？　オマエより強い人間ハ、今までイなかッタ。弱いヤツから奪えばいいダロウ」

「法ってもんがあるだろうよ。犯罪ばっか犯してるやつは牢屋に入るのが人間のルールだ」

「デハやっぱリ、オレが必要じゃナイカ」

俺は一つ長く息を吐き、構えを解いた。それから剣で自分の腕を切った。少量ではあまり意味がなさそうなので血が多めに出るよう深めに。雷耐性があるので、ほとんど感電はしなかった。

傷口から血が流れ、手を伝い指先からポタポタポタと下へ落ちていく。

「何のつもりダ？」

「俺の国での決まり事だ。自分の血を流して見せることで、相手に信用してもらう。まあ儀礼的なもんだな」

「……つまり、オレと組むのカ？」

「ああ、交渉成立だ。俺も金が欲しいんでな。楽して生きられるなら、それに越したことはねえ。とりあえず、イレーヌをこっちに渡せ」

「それハ、デキない」

「なんでだよ？」

「この女ハ、オレを怨《うら》んでイル」

他者をよく騙すやつってのは、警戒心も並じゃない。

まだまだ俺のことを信用してはいないのだろう。

と、そこでイレーヌがようやく口を開いた。

「ご主人様、私が邪魔なんですね……もし殺すというなら、どうかご主人様の手でそれを行ってください。このサイクロプスにだけは、絶対に、絶対に殺されたくはありません」

本当に聡《さと》い。助かる。

「聞いただろ？　イレーヌは俺によく尽くしてくれた。せめて、情けをかけてやりたい。俺が直接斬る。それができないんであれば、さっきの話はなしだ」

何度か俺とイレーヌに視線を行ったり来たりさせた後、サイクロプスは言う。

「わかッタ。ナラ、オレがこの女を後ろカラ押さえてイル。そこヲオマエが斬レ」

「どこまで用心深いんだよ。これから仲間になる相手にそれかよ。いい加減にしとけ」

「ダメダ、これだケは譲れナイ。オレが押さエル、イイナ？」

「はいはい。んじゃもう、それでいいわ」

サイクロプスはイレーヌを細首を後ろからつかむようにして、俺の前へ出す。

「首付近に手を置かれると、おまえの手ごと斬っちまいそうなんだけど」

「心臓ヲ突けばいいダロウ？　人間もエルフもみんなそうすれば息が止まる。オレだって心臓が弱点ダ」

「へえ、おまえも心臓が弱点なのか」

「いいカラ早くヤレ」

「最後の会話くらいさせろっつの」

中腰になり、切っ先の照準《しょうじゅん》をイレーヌに定めて剣を引く。そして静かな語調で訊く。

「なにか言いたいことはあるか」

「……はい。ここまで来ていただきありがとうございました。そして、最後までご迷惑おかけして、すみませんでした」

瞼《まぶた》を下ろしたまま、淀《よど》みない調子で話す。それは本心なのか、自分を押し殺して出した言葉なのか、俺にはよくわからなかった。

「怨《うら》まないのか、俺のこと」

「ご主人様に救っていただいた命です。どうお使いになろうと私は受け入れます」

「さっき、私が邪魔なんですね、って言ったな。本当にそう思うのか？」

「……」

この沈黙で俺の心はいくらか救われた。そして、ようやく福音《ふくいん》が訪れるようだ。耳を澄《す》ませば、ゴゴゴゴと低音が聞こえてくる。足裏の大地から振動が伝わってくる。

そこで、俺はサイクロプスに対して片笑《かたえ》みする。

「なあ、昨日の敵は今日の友って言葉知ってるか？」

「……オレとオマエのことダロウ」

「いやー、ぜんっぜん違うわ。おまえ、今でも俺の敵なんだけど？」

「……裏切るつもりリカ。ダガこの女も死ぬコトにナル。オレが首をへし折ル」

「そういう結果にはならねえな。なんでかって？　今日の友がなんとかしてくれるからだよ」

ドッサアアアアと土が隆起《りゅうき》して登場したのは、お馴染み森のワームさん。俺がいっぱい流した血液《エサ》にようやく引っかかってくれたのだ。三匹と少数ではあるが、俺たちを囲むような位置に来てくれたのはありがたい。

イレギュラーな事態に焦ったのか、イレーヌの首にかかっていたサイクロプスの手が緩む。そこを逃さず、イレーヌを奪い取ると、肩に担《かつ》いでその場を離れた。

「マ、待テ」

待て、と言われて待つわけねえだろ。

ちなみに、ワームたちは新鮮な血を好むというけれど、それ以外にも習性がある。どんなものかっていうと――。

ワームたちは包囲網《もう》を抜けた俺とイレーヌには見向きもせず、一斉にサイクロプスに攻撃を仕掛けた。

「グオオオ⁉」

別々の方向から酸を飛ばされてはさすがに回避しきれなかったようで、醜い悲鳴をまき散らしている。おまえらもたまには役立つよなワーム。

こいつらは基本、デカいやつを真っ先に仕留めにかかる。だからこそ、俺は自分の手を傷つけてまで応援を要請していたわけ。あ、もちろん初めからサイクロプスと組むつもりなんてなかった。あるわけがない。この世の財宝と美女《クソヤロウ》を全部くれてやる、って言われてもコンマ一秒で断る。そういう自信があるな。

俺は木陰《こかげ》にイレーヌを座らせた。ワームがサイクロプスを倒せるとは思わないけど、多少の時間の猶予《ゆうよ》ができたので良し。

「イレーヌ、ここから動くな。ケリをつけてくる」

「気をつけてください。サイクロプスはまだ何か隠し持ってる気がします。すごく……嫌な予感がするんです」

不安がるイレーヌの頭をポンとたたき、サイクロプスのほうに視線をやる。すでにワームは三体とも倒されちまっていた。ただ酸が強力だったせいかサイクロプスのほうも肉体の一部が溶けている。それなりにダメージはあったようだ。クロエの魔法剣がまだ生きているので一気に勝負を決めるのがいいだろう。

そう思った矢先、やつが大声で叫ぶ。

「教えてヤル、奥の手ハこうやって使ウンダッ！」

ゾワッと寒気《さむけ》がした。何かくると思ったときには、ソレは発射されていた。そのシンボルともいえる目から、レーザービームのごとき赤い光線が放たれたのだ。

それは瞬《まばた》き一つするかどうかの間に俺の心臓に迫ってきた。

やべ……。

やられる、そう思ったところでドンと横合いから体当たりをされた。

「うっ……」

漏れた悲鳴は俺のものじゃない。俺は突き飛ばされたおかげでビームの軌道上から外れていた。イレーヌが身代わりになったのだ。赤いビームはイレーヌの胸部を貫通していた。

「イレーヌ!?」

ビームが消えると、俺はサイクロプスの挙動を確認した後、転倒したイレーヌを抱き起こす。服の右胸の辺りに血が滲んでいる。

「ぶ、無事です、か、ご主人……様……」

「おまえ……目なんて見えねえのに」

「嫌な……予感、が、した、ので……」

「だからってよぉ……クソッ。待ってろ、絶対に死ぬな。すぐ終わらせてくる」

「……は、い」

青白い顔のイレーヌを置いていくのは辛いが、次の攻撃が来る前に敵を倒す必要があった。

体勢を低くして地を這うように突き進む。ビームの狙い《エイム》を狂わせるためのフェイントは入れない。小細工よりも短時間で敵に到達するほうを選ぶ。

「馬鹿メ！　この距離で間に合うワケがナイ！　――死ネッ！」

彼我の距離は十メートルはあった。そこから再びビームを撃たれる。あの速度だと横に転がってもジャンプしても間に合わず、無事では済まないだろう。

だから俺は剣を持たないほうの手を伸ばした。それが今の俺に使える最大のカードだからだ。

「ハハははハハはハ、それで防げるはず――――――アアアッ!?」

防げるはずが――あるんだよ！

サイクロプス最強の技は俺の手のひらの皮膚一枚、貫通することができなかった。ただの手じゃない。竜手だ。

あいつは知らない、俺が体の一部を変形させられることを。どうせ奥の手を隠しているのは自分だけだと思い込んでいたのだろう。

「いいか、頭のおかしいクソ目野郎！　邪竜の皮膚には、てめえのビームなんて効かねえんだよ」

「ズルイぞおオオオ！」

「黙れ！」

雷纏剣《らいてんけん》が大暴れする。脇の下から剣を入れ、フルパワーで斬り上げる。切断された片腕が血しぶきをあげながら舞う。もう片方の腕も同じようにすると、次は下段に黄金刃一閃。脚をまとめて太股の辺りから切り離したら、ダルマ落としみたいに胴体が下に落ちた。

「俺よりだいぶ背が低くなったじゃねえか」

「ヒッ、ヒッ……ナンデ、ドウシテ、こうナッタ？？？」

「たぶん、てめえに殺されたやつらが全員、俺に味方してくれたからだろうよ」

あまりのんびりもしていられない。俺はトドメをさす構えに移る。サイクロプスは目を白黒させながら、俺を見上げる。

「オ、オ、オレの心臓ヲ止める気カ？」

「ああ」

「た、ノム、から、心臓だけハ、刺さないデ……」

「いいぜ、絶対刺さねえよ心臓は」

「エ？」

「嬉しいだろ？　それとも悲しい？　たぶん後者だろうな。だって誘導したいんだもんな。心臓を刺させたいんだもんな」

「イ、意味ガ、ワカらナイ……いくらオレでも、心臓ハ死ヌ………」

そういやさっきも、心臓やられたら死ぬアピールしてたっけ。図体《ずうたい》はでけえのに小賢しすぎて苦笑も出ねえ。

「ところが不思議、おめーは心臓を刺されても死なないんだよな。なんでわかるかって？　一度やったことがあるからだよ。で、死んだフリしたおめーに逃げられた。見覚えないか、この手に」

今頃になってようやく思い出したようだ。都合の悪いことは忘れる脳なのかもしれない。死んだフリが通じないとわかるや否や、瞳孔が広がったり狭まったりし始める。もういい加減終わりにしよう。

「マ、マ、まサか、あのときノ……」

「おせーよ馬鹿、てめーは百パーセント地獄行きだクソヤロウ！」

全力で、サイクロプスの目玉に剣を突き入れた。

「ウギャアアアアアアアアアアアアア‼」

まだ絶叫の途中だったが、そのまま剣を上に移動させ脳味噌を破壊、だめ押しで首から上を胴体とサヨナラさせた。ここまでしてまだ起き上がるなら化け物の中の化け物なんだろうけど、こいつはそれにはなれなかったようだ。

今回は、死んだフリでもないだろう。

14　イレーヌの選択

ようやく戦闘を終えた俺はイレーヌのもとへ急いだ。口元に手を当てて呼吸を確認する。

「くっそ、よくわかんねえ。とにかく今回復させるからな」

俺はポケットから昨日プレゼントされた凶悪なブツを取り出す。

「まさか本当に、価値のあるプレゼントになっちまうとは……」

本当人生ってなにが起きるかわかんねーよ。死んだと思ったら竜になってるし、ゴミだけど売れないから持ってた香辛料が、何にも代え難いアイテムになっちまうんだから。

意を決して、俺は激辛唐辛子を飲み干した。

ぐえええええええ、胃が爛《ただ》れそうなんだけどおぉぉお⁉

頭が痺《しび》れ、金寿《きんじゅ》を迎えたジイサンのように手が震え出す。まさに涙なしでは語れない辛さだ。昨日店で味わったときより強烈な気がするんだけど……あの店主謀《はか》りやがったわ！

でもそれが良いほうに作用するんだから、やっぱ人生は未知としか言いようがない。

洪水のように溢れ出てくる涙は全て、イレーヌに与えた。もう全部だ。俺もちょっと怪我してるけど出血大サービスで一滴残らずイレーヌにプレゼントする。

俺は、今も昔も価値のあるものなんてなにも持っちゃいないけど、この涙だけは別だ。失われるはずの生命が息を吹き返すのだから。

「全部終わったぞ。あいつは倒したし、おまえは完全復活だ」

目が再生し、腕も胸も回復したイレーヌ。胸に受けたビームは、心臓からズレていたのだろう。運にも味方された感じだ。

もっと喜ぶかと期待したのにイレーヌは時が止まったみてえに動かず、ただただジッと俺の目を見据《みす》えてくる。

「また、ですね。また……救っていただきました」

「気にすんな」

「気にします。だって、頭にも腕にも怪我を負ってるじゃないですか……何も言わないで出て行ったのに……追いかけてきて……くれたじゃないですか……か……」

ぽたぽたと涙がこぼれ落ちる。俺の手をとり、両手で包むようにしながらイレーヌは鼻声を出す。

「ごめん、なさい。……本当にどうしていいのか、全然わかりません……仇を討ってもらって、嬉しい気もするし……でも、仇を討っても家族は戻ってこない、し……だけど体を治してもらって、感謝はしてます。それと、奴隷なのに勝手なことをして、すみませんっ、でし……た……」

そこまでが限界だったらしい。感情が溢れて処理しきれなくなったのか、堰《せき》を切ったように泣き出した。

しばらくは泣かせておくことにした。

我慢我慢我慢。日本じゃ我慢することが美徳《びとく》とされるけど、俺は全力でそれを否定したい。痛いときは痛い、苦しいときは苦しいと声をあげても良いはずだ。

そして、辛いときは泣けばいいんじゃねえのかな。ましてやイレーヌはまだ十四歳の少女だ。今まで大変なことが多すぎたんだから、ここらで涙と一緒に全部流す……ってわけにはいかねえだろうけど、少しは肩の荷を下ろしてもいいはずだ。

十分くらいか。泣きじゃくってたのは。

落ち着いてきたら服の袖で涙をゴシゴシ拭《ぬぐ》って、直立した。なにするんだろうと見ているとサラリーマンよろしく頭を下げる。

しかも上げない。全然上げない。大社長の送迎タクシーを見送るときの部下並みに姿勢を崩さない。日本だったらキャリアウーマン道《どう》まっしぐらだわこいつ。

「何をどう、恩返しすれば良いのかわかりません。でもこれから、ご主人様のために、奴隷としてできることを全てやります。やらせてください」

「ダメ」

「……ど、ど、どうして、ですぅ？」

めちゃくちゃ動揺してる。ちょっと可愛かった。

「そういうカタいのあんま好きじゃねえから。あと奴隷もやめていいぞ。これからは一人のエルフとして生きろ」

「そんな……そ、それは、ご主人様のもとを去れって意味でしょうか？」

「さあ？」

「さあって……そんなの辛すぎますっ」

「なら一緒にいりゃいいだろ。自分の思うように生きてもらって構わねえから」

「自分の思うように……」

小声で復唱《ふくしょう》するイレーヌ。どうせなら活き活きしてたほうがこっちも元気出るからな。

といっても、さすがに何でもかんでも自分で選択しろってのは酷《こく》か。俺も保護者的な感じで、サポートできるところはしていくつもりだ。

もちろんサポートしてもらう気も大いにある。むしろ助けてもらうのがメインになる予定すらある。食い扶持《ぶち》稼ぐのとか。朝起こしてもらうのとか。

イレーヌは目を閉じて、胸に手を当て、自分の本当の気持ちを探っているようだった。

やがて瞼《まぶた》を静かに持ち上げると、今日一番の声量で告げる。

「私は、ご主人のそばでお仕《つか》えしたいです。ずっとずっと、できれば永遠に！」

「そうか、今はそれでもいい。……よし、んじゃクロエ拾って帰るぞ」

「クロエさんにもいっぱいお世話になりました。早く会いたいです！」

俺も魔玉のお礼を言わなくちゃならない。予想以上に雷纏剣《らいてんけん》が優秀で驚いたな。

まだキラーウルフと戦闘中ってことはないだろうが、急いで道を引き返した。ところが……クロエの姿を見つけることはできなかった。

十匹を超えるキラーウルフの死骸が散らばっている。倒した後に俺たちのことを探しにいったのだろう。行き違いになったのかもしれない。この森はけっこう広く、似たような風景が続くので迷子《まいご》の可能性もあるな。

小一時間ほど探したものの発見できなかった。イレーヌのことを考え、一度グリザードへ戻ることにする。肉体的には問題なくとも精神的疲労は蓄積《ちくせき》しているだろうし。それにクロエのほうもサイクロプスの死体を見つけ、森を出たのかもしれないし。

街を遠目で確認できるところに来ると、妙な連中を発見した。とりたてて何もない平地に、二十人くらいの集団が群れていたのだ。それぞれ物騒な武器おっさげて。

「僕の諜報力《ちょうほう》をナメるなと言ったよな。おまえが街を出て行ったことなんてすぐにわかったよ。絶対ぶっ殺してやるからなぁぁぁ」

集団の中で一番不細工なやつが恨み節《ぶし》を発している。

なんだあのジャガイモ顔をさらに悪化させたような面《つら》の男。……。……。……。ああ！

俺がやったあの貴族じゃんか！

「一つ言っとくけど、さすがの俺もそれ以上不細工に改造するのは無理だわ」

「黙れぇえ！　ふーっふーっ、こんなに頭にくるやつは初めてだ。連れの女はどうした？　そしてそこにいるのはイレーヌじゃないか！」

綺麗な容貌が気にくわないのか、貴族は地団駄《じだんだ》を踏む。

一方イレーヌのほうもふくれっ面をしていた。そりゃ会いたくないわな、こんな中年男。

「オイ、イレーヌ、久々にご主人様に会えたんだ。挨拶くらいしたらどうなんだ！」

「何を言っているのかわかりません。私のご主人様はこの方だけですよ」

元主人に愛想なく告げると、現主人に熱い視線を送ってくるイレーヌ。

「ふん、まあいいよ。そこの銀髪を殺した後、また殴ぎゅあああああんっ⁉」

中年男が突然発狂しだしたのは、肩に深々と矢が刺さったからだ。青筋を立てたイレーヌが普段では考えられない迫力満点の声を出す。

「私のご主人様を殺すと聞こえました。もし聞き間違いでなければ、私は絶対にあなたを許しません！」

「あああっ、んんっ、お、おまえらボケッと見てないで、あの二人を殺せって！」

主の命を受けてようやくゴロツキっぽいやつらが動きだしたのだが、次々に悲鳴をあげて倒れていく。イレーヌが一分《いちぶ》の迷いもなく敵の足を射《う》ったからだ。五人、六人、七人とどんどんやられていく。

まさにイレーヌ無双《むそう》。何気《なにげ》に暗殺者《アサシン》とかの適性が凄そうで怖い。育成方法を間違ったら恐ろしいことになるなこりゃ。

八人目がやられたところで、敵に回してはダメなやつだと気づいたらしく、残りのやつらは全員逃げていった。

忠誠心なんてどっかの野良犬に食わせたやつらの集まりだったらしいと。

イレーヌは中年男の前に立つと、目の前で弓に矢をつがえた。

「ご主人様、どうしましょう?」

「……おまえの判断に任せる」

正直、どう返事をするか迷った。でも俺は見てみたいと思ったのだ。こいつの出す答えを。

「おっおまえ、殺すのか？　ぼ、僕を、元主人を殺すのか?」

「あなたを主人だと認めたことなんて一度もないです。……毎日、毎日、殴られてばかりでした」

イレーヌの瞳が暗く濁る。異常な扱いを受けていたのだ。憎む気持ちはあって当たり前。復讐をするな、なんて誰にも言う権利はない。ミシミシと限界まで矢が引かれる。相手が本気だとわかると中年男は急いで命乞《いのちご》いをし始める。

「頼むから、頼みますから……」

「ハッ」

鋭い気合いと共に矢が射《う》ち出された。男の訴えを無視するように。

結果を見届けた俺は頭を掻《か》きつつ、イレーヌの隣に移動する。

「もう二度と、私たちの前に現れないでください。……聞こえてないと思いますが」

そう、聞こえちゃいない。殺されると確信した中年男は失神してしまったのだ。矢は外れていたというのに。

素人でも当てられる至近距離でイレーヌが外すことは、意図的以外にあり得ない。

「それでいいんだな？」

「はい」

親が子供を褒めるときのように俺はイレーヌの頭を撫でた。そしたら、ずいぶんと無邪《むじゃ》気《き》な顔をしていた。

いつもの宿に戻った後、メルリダにイレーヌを休ませるよう頼んで、俺は一人キマリの森へ戻った。

やれやれ……もう一人のお嬢様が見つかるといいが。

◇　◆　◇

斬る、斬る、斬る、斬る、魔法を使う。

眼前に躍り出てくる魔物たちを早業《はやわざ》で退治していく勇敢者。

鬱蒼《うっそう》として陽光の届きにくい森の中、クロエは疾風迅雷《しっぷうじんらい》の機動力で友人たちを探し回っていた。

「ジャー、イレーヌ、今いくぞ！」

そう声を張るクロエであったが、分かれ道に直面すると足踏みして唸り出す。どちらに進めば良いのか皆目見当がつかない。

そう。本音をいえば、とても困っていた。キラーウルフたちを倒したまでは良かったけれど、その後がまずかった。戦闘中に走り回ったせいで、自分のいる場所が把握できなくなったのである。

どの方角が南に当たるのかも、さっぱりわからなくなった。

この森は似たような風景が多いため、道に迷う者も少なくない。クロエもまた迷える子羊となってしまったのだった。

ただ彼女の場合、バイタリティに優れている。二時間以上、森の隅々《すみずみ》まで探す勢いで走り回った。

しかし、さすがに焦燥感《しょうそうかん》に駆られるようになる。これだけ時間が経過すれば、もうサイクロプスとの戦闘は終わっているかもしれない。友人たちの勝利で終わっていれば良いが、もし敗北に終わってしまったら……。

水をもらえない花のように首をしおらせ、クロエはほぞを噛む。両親が亡くなって以来、天涯孤独《てんがいこどく》の身になり、独りぼっち道《どう》を極めそうになっていた彼女にとって彼らは特別な存在だった。

やっと背中を預けられる友ができたと思っていたのに、こんな形でお別れになってしまったら悔やんでも悔やみきれない。

「頼む、どうか……彼に加護を………」

クロエは見えない何かに祈った――ガサガサ。

また魔物か⁉　わき道から生物の気配を感じ取るなり行動を開始した。冒険者としての経験から、受けに回るより攻めたほうが得策と判断する。

木の背後からヌッと姿を現した存在を、一刀両断すべく縦一文字に剣を振り下ろす。

ガキンッと、大気をつんざく硬質な音が響く。攻撃を防がれたクロエは一瞬思考停止したものの、相手が魔物ではないと知るなり歓喜した。

「ジャーじゃないか！」

「……あのさ、今の一つ間違ってたら死んでるんですけど」

「あぁぁ、す、すまない。焦っていたんだ。その、道に迷ってしまって――ハッ！　イレーヌはどうしたのだ⁉」

クロエは、ジャーの腕をつかんでガクガクと揺らす。

「痛てええ、ちょっと待て、俺怪我してんだってての」

「まさかサイクロプスにやられたのか⁉」

「まあそうなんだけど、説明するからまずは落ち着けよ」

気が気でないクロエだったが、事の成り行きを教えてもらって、ようやく安堵《あんど》の息をつく。ジャーの怪我が大したことはなく、イレーヌも宿で休息していると知るとヘナヘナと座り込んだ。張っていた気が抜けたためだ。

「……よかった。本当に……よかったよ」

「手伝ってもらってサンキュな。帰って飯でも食おうぜ。今日はおごるわ」

「大丈夫なのか？　お金なら私が出しても……」

「ちょっと良いことと思いついたわけ。サイクロプスとかおまえが倒した魔物がいっぱい転がってるだろ。あれの使える部位を持ち帰って素材屋かどっかに売ろうと考えててよ」

「ふっ」

転んでもタダでは起きないな、キミは。

森の中、クロエは楽しそうに笑った。

番外編　魔法少女と運命の邪竜

あたし……ルシル・リモワール・ストライトは、座学《ざがく》の授業があまり好きじゃない。

たとえば魔法理論。

教師は理論の大切さを懸命に説《と》いて、魔法を使う際の知識とか教えてくれるけど、理論なんてどうでもいいと考えているあたしのほうが、その教師より魔法が上手い。

つまるところ、こういうのって才能が絡んでるのよね。もちろん努力は必要よ。でも、努力じゃ越えられない壁みたいなのはあるんじゃないかしら。

そんなあたしでも、退屈せずに聞いていられる授業がある。

それは――竜にまつわる話。

この授業のときだけは、最前列の席を確保して話に耳を傾ける。

「いつ世界が生まれたのか今となっては不明ですが、約五百年前までは、世界の創始者である神々が存在していました。神々は、あらゆる種族に慈悲を与え、知恵を授《さず》けました。たとえば、魔法の使い方や魔道具の作成方法などを伝授したわけです。他にも、神が造ったという強力なアイテムや武器――アーティファクトなどは有名ですね」

　ゼウスっていう大神をトップにおいて、その下に十神、さらに下に天使たちがいて、その下に人間を含めた多様な生物。

　神がいたなんて、今じゃ考えられないのよね。人間とどんなやりとりをしてたのかしら。

「ですが、その神々は五百年前に勃発《ぼっぱつ》した大戦争の末、敗北してこの世から消滅してしまいました。文献によれば、ゼウス、十神、天使はすべて殺されてしまったそうです。では、偉大なる神に戦争を仕掛け、ついには殺害した生き物とは何でしょう？　ええと……ルシルさん」

　あら、あたし？　っていうか、こんなの子供でもわかる問題よね。でも一応答えといてあげるわ。

「はい、竜族です」

「正解です。さすがルシルさんですね。将来が非常に楽しみです」

　あーはいはい、そういうおべっかいりませんから。あんたさ、あたしに媚《こ》び売ったって給料は上がんないんだからね。

　あたしは、このグリザードを治めている公爵家の長女。そのせいか、ここハイリーン魔術学校でもやたら目立っている。朝なんて、「ごきげんようルシル様」なんて話しかけてくる人までいる。

ごきげんようって何よ。あんたら、普段からそんな言葉遣いで疲れないわけ？　あたしは嫌だわそういうの。むしろ「おうルシル」とかこれくらいのほうが簡潔でスッキリする。

と、また教師が話し始めたわ。知ってる内容だけど聞かないとね。

「人間がそうであったように、比較的知能の高い竜族もまた神に仕えていました。そして竜の中でも優秀だったものは、神竜《しんりゅう》として特に目をかけられていました。竜の中には強さの階級みたいなものがあるんですね。このような感じです」

教師が板書していく。

神竜　＞　角竜《かくりゅう》　＞　竜人　＞　上位竜　＞　下位竜

「最弱の下位竜でも、他の種族や生物に比べ、強大な力を持っています。肉体の構造からくる強さもさることながら、膨大《ぼうだい》な魔力を有しているのです。その魔力で肉体をコーティングし、能力を底上げするため、とてつもない力を発揮します。攻撃方法も、爪、牙、尻尾、ブレスなど多彩です」

そうなのよね～、まさに選ばれし存在だわ。あーあ、あたしはどうして竜に生まれなかったの。そこが残念でしょうがない。

「神竜は当時、二十体ほどいたと伝えられています。しかしある日、彼らの中から謀反《むほん》を起こすものたちが出てきたのです。全部で五体いました。この五体の竜は、神々に対し攻撃を仕掛けます。もちろん黙っているゼウスではありません。十神、天使、他の神竜、そして人間やエルフなど、あらゆる存在の力と共に、この裏切りの神竜たちと戦ったのです。しかし、残念ながら神側は敗北しました。ここまでで、何か質問は？」

生徒の一人が手を挙げる。なかなか意欲的な子ね。顔を覚えておくわ。

「神竜も十五体くらい神の味方ですよね？　何で神は負けたんですか？」

「いい質問です。理由の一つは、角竜以下の竜たちがほぼ全て、裏切りもののほうについてしまったからです」

「神に対して日頃から不満があった？」

「そうではありません。五体の竜の中に、格下の竜を魅了してしまう力を持つ神竜がいたのです。格下とはいえ、竜族のほとんどを味方につけたのは大きいです」

「でも、十五体も神竜がいて、裏切った五体の神竜をなんとかできないって、なんでです？」

「同じ神竜でも、その五体はケタ違いの力を持っていたのです。魔術師を二十人集めたとします。上位五人VS下位十五人ではどちらが勝つと思いますか？　私は五人のほうだと思います。突出した力は、数の暴力をも上回《うわまわ》ります」

この教師けっこうわかってるじゃない。さっきはおべっかとか言ってごめんね。

「とはいえ、神々も強大な力を持っています。戦いは壮絶なものでした。それは一つの大陸を荒らしてしまうほどに。戦争の舞台となり、荒れすぎたがゆえに今はもう誰も住んでいないのが、有名な失われし大陸ですね。この大陸でゼウス以下を殺し、反逆を成功させた五体の竜を、人々はこう呼ぶようになりました——邪竜と。そして、その日で神聖暦《しんせいれき》は終わりを告げ、今日《こんにち》の竜暦《りゅうれき》へとつながるわけです」

教師がまた板書していく。五体の邪竜の名だ。

悪血眼竜《クレティアス》
老山一竜《ガゼウス》
真銀光竜《シルフィアス》
死天破魔竜《アルスーン》
蒼炎美竜《セレアーデ》

「世界の頂点に君臨《くんりん》したこの邪竜たちですが、戦争が終わると仲違《なかたが》いをしてしまいます。それぞれが力があったために、揉めたのではないかと推測されていますね。やがて、五体はそれぞれ別々の地へ向かいます。みなさんも知っての通り、この大陸に棲み着いているのは、真銀光竜ですね」

「森にいるんですよね。確かルシルさんのお父様が討伐隊を……」

「ミネルさん！」

叱責するように教師が声をあげた。それを受け、ミネルはハッとしてあたしに謝罪する。

「別にいいのよ。竜にはボロボロに負けたらしいけれど、死者は一人も出なかったんですもの」

申し訳なさそうにするミネルにあたしはそう応えつつ、討伐隊が情けない姿で帰ってきた日のことを思い出す。意気揚々《いきようよう》と出ていった割にあれじゃあ、失笑しかできないわ。格の違いを見せつけられたのね。弱すぎて相手にされなかったんだわ。残念な人たち。

あたしの愛読書『邪竜を愛する人へ』によると、邪竜の中には人型になれるタイプとなれないタイプがいるみたい。真銀光竜《シルフィアス》様はなれないタイプらしいわ。

とても残念。だって人になれるなら、気まぐれでこの街に遊びにきてくれたかもしれないのに。

あたしはいつもその森に行くことを計画している。けれど、毎回侍女やお父様に邪魔されてしまう。もう一度、もう一度、あのお方に会いたいのに。

そして、私の気持ちを包み隠さず伝えたい。

私は過ぎ去りし、今もなお強く輝いているあの日の思い出を、今日も懐かしく思い出す。

そう、私が真銀光竜《シルフィアス》様に初めて会った、あの日のことを——。

◇◆◇

あたしの心は、踵《かかと》のすり減った靴みたいになっていた。

まだ歩けるには歩ける。けれど、決して状態は良くない。

物理的には大丈夫でも、精神的には不満たらたら。

毎日魔術学校と家を往復するだけだった。繰り返されるだけの日々に、いい加減飽き飽き。

親友や彼氏がいないから、生活がつまらないのかしら？

公爵令嬢としての嗜《たしな》み云々という理由で、お父様から魔術学校を卒業するようキツく言い含められている。うんざりするけど、今のあたしは家を飛び出して一人で生きていく決心がつかない。……まだ十五歳だもの。

でも、あたしだって息抜きしたいときくらいある。

ついこの間試験が終わったばかりだったので、お父様に気晴らしをしたいと申請した。

それで、成績が良かったこともあって許可された。

そういうわけで今日、あたしは馬車に乗り体を揺らしている。

目指す場所は、グレートキャニオンという峡谷《きょうこく》。ここで自然を感じて雄大な景色に触れることで、あたしの弱った心はいつも回復する。

問題は馬車で五日もかかるってことね。御者《ぎょしゃ》以外にも護衛の兵士が七、八人付いてくるので、彼らにはちょっと悪いと思ってる。

道楽娘の護衛か、チッ……とか思ってそうだけど、お父様が勝手に付けるんだもの。

「ねえ、最近お父様ため息多いけど、何かあった？」

馬車の中で、正面に座っている侍女ラステラに話しかける。

小さい頃からあたしの面倒を見てくれてる女性で、現在二十二歳の恋人なし。好きな男すらいないみたい。

このラステラは私の侍女でありながら、公爵私兵団の副団長も務めている凄腕《すごうで》の大剣使い。怪力剣のラステラなんて二つ名も。

でもまあ、狭い馬車の中に大剣置かれると、少し迷惑よね。仕方ないことだけれど。

「そうですね……これは言っていいのか」

「あたしと貴方の仲でしょ。お父様には黙ってるから早く言って」

「……じつは、リーバ村の近くで白銀の竜を見かけたという者たちが何人もいまして」

「ま、まさか邪竜――なわけないか。もう百年も姿を見せてないわけだし」

おそらく死んじゃったってのが通説なの。百年前に姿を消したときも調子悪かったみたいだし。

「ですが、ルシル、とある文献によれば白銀の竜とは世界に一体しか存在しないのです。そしてこの大陸に棲み着いた邪竜は真銀光竜。おそらく、本物かと」

「仮に本物なら、どうなっちゃうのかしら。戦争？」

「フォード様は、討伐隊を編成することも考えているそうです」

フォードっていうのがあたしのお父様ね。でも頭大丈夫かしら。昔からちょっとだけ無茶なところあるのよね、お父様って。

「っていうか、相手は邪竜でしょう。本気なの？」

「邪竜といえど、生き物です。約百年前、姿を消した理由は、重い病にかかったからだと言い伝えられています。伝説の魔術師と戦い、その際に負った傷が悪化したのだと言われていますが、詳細はわかりません。ずっと死んだと噂されていましたが、治療に専念していたのでしょうね。ただ……病み上がり、または現在進行形で病に苦しんでいるはず。全盛期ほどの力はないでしょう」

「でも、魔族あたりと組まれたら厄介じゃない？」

「いずれ魔王の耳にも入るでしょうね。ですが、手を組まず、配下にするかもしれません」

「邪竜を？」

「相手が真銀光竜であれば、おそらく。魔族はこの大陸に多くいますが、それは邪竜が脅威にならないから。真銀光竜は他生物に干渉《かんしょう》することを嫌ったらしいので。そのせいか真銀光竜の実力はこの地に伝わっていません。判明しているのは人型にはなれないことや、涙や血液に特殊な力が宿っていることくらいでしょうか。ゆえに、邪竜の中でも最弱ではないか。そう考える者も少なくないんですよ」

　なるほどね。

「加えて、現魔王は相当な力の持ち主。ここ数十年で誕生した部下の魔三将といい、魔族の勢力は増すばかりです。弱体化した邪竜より魔王側のほうが強いでしょうね。神殺しも五百年も前のことですし。魔王もそう判断を下す可能性が高いです。……個人的には、魔王と邪竜を争わせるのも有りだと思うのですが。ただ今の真銀光竜では、魔三将にすら負けてしまうかもしれません」

　う〜ん、でも仮に邪竜最弱だとしても、昔は神より強かったわけだし……。

　単に真銀光竜が人間に興味なかっただけで、やろうと思ったらこの大陸だってやられてたんじゃないかしら。そもそも、そんな悪いやつじゃなさそうじゃない。なのに討伐？

　ま、悪の象徴《しょうちょう》みたいなものだしそれはしょうがない——かあ⁉

　突然、馬車が急停止した。

「む⁉　外の様子がおかしいですね、ルシルはここに」

「わかったわ」

　血相を変えてラステラが出ていく。それを確認してから、あたしも降りる。

　外に出ると、五匹のサーベルウルフと護衛兵がにらみ合っていた。

「ルシル⁉　どうして出てきたんですか⁉」

「あたしも参加するわ」

得意げに杖を持ち上げてみると、ラステラは額を押さえて天をあおいだ。その反応を訳すなら、ダメだこりゃ。

そう、わかってるじゃない。あたしはやる気マンマンなの。暇でしょうがなかったの。っていうか、すでに魔法を使用する準備に入っているわ。

まず、体の中を流れる魔力を感じ取る。専門用語で「読魔《どくま》」というわ。ちなみに魔力は人間なら誰でもあるけれど、悲しいくらいに個人差がある。

多く保有する人もいれば、読魔できないくらい少ない人も。後者だと魔術師には絶対なれない。

さて、読魔の次にやることは、感じ取った魔力の属性選択。使う魔法の属性に合わせて、魔力を変える必要があるの。火なのか水なのか風なのか。

ちなみにこの選択は色で行う。火なら赤、土なら茶色、光なら薄黄色って感じよ。

炎を使うなら赤色を思い浮かべながら、赤くなれと魔力に命じる。

成功したかどうかは体内の感覚である程度わかる。火なら体温が上がった気がするし、水ならひんやりとした感覚、風なら体重が軽くなった感覚ね。

この作業は「色選《しきせん》」と呼ばれる。

この色選をする必要があるのは、二つ以上の属性適性がある人だけ。

なぜなら、一属性しかない人は初めから魔力がその色一色だから。

複数持つ人は、混合した色の魔力になっているので、一つを選択するためこの色選の作業を行うというわけ。あたしは複数あるので、残念ながらこの行程は飛ばせない。

そして読魔、色選ときたら次はイメージを浮かべる。

もちろんこれから使う魔法の。ありありと具体的に描いたほうが絶対上手くいく。これは「創像《そうぞう》」という。ここは人によって得手不得手《えてふえて》が分かれるところね。想像妄想上手な人は有利かも。

それが終わったらラスト、「射放《しゃほう》」。

読魔、色選した魔力を一点に集め、必要量まで溜まったら放つ。

集める箇所は好みだけど、大抵は手や指先。杖を持つ人は杖ね。たぶん、ここが一番難しい。

その魔法を使うのに適した魔力量を感覚で覚えなきゃいけない。使う魔法に対して使用する魔力が少なかったり多かったりすると、不完全なものになる。

少なすぎて弱くなるのはまだしも、多く注ぎすぎた場合は最悪ね。効果は弱いのに魔力は多く持っていかれちゃうんだもの。

射放する際は、魔法名を口にしたほうが良いとされる。

なぜなら、魔力を正しい量に微調整してくれるから。原理はよくわかってないけれど。

ちなみに、詠唱《えいしょう》はお好み。

それでもする人がいるのは、詠唱することによってイメージ力を上げる、または詠唱で射出のタイミングを計っている。基本このどっちかね。

杖は、魔力を溜める速度を上げてくれる効果がある。早撃ちにはまさに最適。

ただ流れが速くなるってことは、それだけ射放のタイミングもシビアになるってこと。

この辺は要練習ってとこかしら。

以上、読魔、色選、創像、射放の行程を経て魔法は発動する。この一連の作業が速いか遅いかは、才能があるかないかの一つの指標になる。もち、あたしは速い。

「ニードルウエイク」

そう私が唱えると、地面が隆起し、土製の巨大な針がいくつも誕生。サーベルウルフ五体を串刺しにした。一匹残らず即死した模様。

今のは大魔法になるわ。

魔法の階級は、小魔法、大魔法、超魔法、神《しん》魔法となっている。特殊な禁忌《きんき》魔法ってのもあるらしいけれど、使ってる人は見たことない。たぶん、現代で使える人はいない。使えても、法で禁じられてるから、見つかったら牢獄行き。

ま、禁忌《きんき》魔法使う相手を捕まえられるのかって話だけど。

あと、神魔法もほとんど使い手はいないと思う。

「相変わらずですね、ルシル」

ラステラの左半面が引きつっている。

「ほめ言葉として受け取っておくわね」

「やれやれ」

ラステラは首を振りつつ、あたしの側頭部を両拳ではさみ、ぐりぐりぐりぐりぐり。

「ほんっとうに相変わらずです」

「あぁうああ！　痛い痛い、わかったからやめて！」

「何がどうわかったんですかー？　危険な場所にノコノコ出てきておいてー」

「だっ、から、きぃいいいいい!?」

あたしは時々、こうやってラステラに怒られる。お父様やお母様がラステラにこれを許可しているもんだから、あたしのヘルプコールはどこにも届かない。

頭痛ったい。あんたの怪力でやられたらたまんないわ。

それとも、これが愛のムチってやつなの？　だとしても、遠慮申し上げたいけど。

◇　◆　◇

グレートキャニオンにて――。
「あたしの人生もっと面白くなりなさいよーーーーー!!」

全力で、もう腹の奥底から、あたしは独り叫んでいた。

それから、魔法を発射する。いいえ、ぶっ放したっていったほうがしっくりくる。

もう、何発も何発も。遙か向こうに見える崖あたりをぶっ壊すつもりで！

どれくらい撃っただろう。魔力が残り二割くらいのところで、崖の上にあたしは仰向けになる。疲れはあるけど、息切れが生きてるって証拠のようで心地好《ここちよ》い。天気もいいし気分は最高。

ラステラたちを巻いてきた甲斐があったってものだわ。後でめちゃくちゃぐりぐりされるだろうけど、今が気持ちいいからそれでいいの。人生ってそんなもんよ。

体を起こすと、自然が長年かけて作り上げた壮麗《そうれい》な景色が広がっている。赤茶色をした切り立った巨大な崖《がけ》があちらこちらにある。

その一つにあたしはいるわけだけど、自分の存在の小ささを思い知らされる。

でもそれが逆にいい。悩みも苦しみも小さいことに思えてくるから。

「はぁ〜〜スッキリしたわ〜〜〜。そろそろ帰らないとまずいわよね」

あたしはエアリーな足取りで大岩の横を通り過ぎようとして、視界の端に何かが引っかかった。

——スライム？

「ひぅ」

◇◆◇

魔物と遭遇した脅威より、疑問のほうが先だった。

どうしてこの場所にスライムが？

スライムは基本、森の中に生息している。グレートキャニオンにいるなんて聞いたことない。

「あう、えと、あわ、こんにちは」

驚天動地《きょうてんどうち》の大事件、スライムが挨拶してきた⁉　えええ？　すっごいスムーズな言葉遣いね！

「ばかっ、何あいさつなんてしてんのよ！　スライレ、スラパチ逃げるわよ」

可愛らしいピンク色をした、メスっぽいスライムが声をあげる。それを受けて、脇にいた二体も動き出そうとする。ぴょんと跳ね上がり動きだしたところを、呼び止めた。

「待って！　あたしは敵じゃないわ！」

とっさの一言。これが効いたらしい。三体とも動きをピタと停止して、ゆっくり振り返る。

「ほ、ほんとう、ですか？　おいらたちのこと、こうげきしませんか？」

スライムがあたしの杖を怯えた目で見つめている。だから、あたしは杖をポイと横に捨てた。元々あたしはスライム好きなのだ。

どうして魔物に分類されるのか不思議なほど、スライムは無害。たぶん、ビッグスライムになると強くなるからだと思うけど。でも、普通のスライムは人間を見てもまず襲ってきたりしない。してきても大して痛くない。無手でも怖くはなかった。

「ね、少しはわかってもらえた？」

嘘成分ゼロの笑顔を作る。スライムたちは顔を見合わせた後、スリスリと地に体を擦《こす》らせながら寄ってくる。ハッキリ言って超可愛かった。

「あの、おいらはスラパチといいます」

「ぼぼ、ぼ、僕、僕はスライレ、だよ」

「スラミよ。気安く呼んでちょうだい」

「あたしはルシルって言うわ。貴方たち、そんなに流暢《りゅうちょう》な言葉遣いですごいわ。頭いいのね！」

「ほ、ほほ、ほめられると……照れる」

「んふ、スライレは照れ屋さんなんだ。名前は自分たちで付けたのかしら？」

「そうじゃないです、おやびんがつけてくれたんです！」

おやびんってことは、やっぱりビッグスライムになるのかしら。

「貴方たちのおやびんは、どこにいるの？」

「それがはぐれちゃったのよ。あたしたち、おやびんがいないと帰れないのに」

「よかったら、一緒に探してあげましょうか？」

「いいんですか⁉　うれしいです！」

「あ、ありがとう」

「助かるわ、ルシル！　この二人ったら頼りなくてしょうがなかったのよ」

どうやらあたし、受け入れられたらしい。そのことが嬉しくて、体中に活力がみなぎってくる。

「どういたしまして。あ、でもさ、貴方たちのおやびん、あたしを見たら襲ってこない？」

「おやびんはそんなランボウモノじゃないです！」

「優しい、から、だいじょうぶだよ」

「そうそう、おやびんは心が広いの。安心してちょうだい」

それを聞いてホッとしたのも束の間、今度は逆におやびんとやらの存在が心配になる。

この峡谷《けいこく》にはあたし以外にも、ラステラや護衛たちがいる。今頃血眼《ちまなこ》になってあたしを探しているはず。万が一戦闘にでもなっていたら、おやびん死んじゃうわ！

ここは先にラステラたちに合流するのが先かしら……なんて思案していたら、スラパチが何か発見したらしい。

「なんですかねー、あれ」

ぴょんぴょんと先へ進んでいく。目指す先には、直径十センチほどの茶色に光る球体。

ササーッと、あたしは血の気が引くのを感じた。

地の……エレメンタル。

冒険者ギルドなどでA級に指定されている歴《れっき》とした魔物なのだ。

「だ、だめよスラパチ」

「おやびんにあげたら、よろこんでもらえるかも」

驚愕《きょうがく》のせいか声が掠れてしまった。そのせいでスラパチには聞こえなかったらしく、どんどん距離を縮めていく。

エレメンタルは、不用意に近づいたりしなければ実は無害な魔物だ。だからエレメンタルが出現したら、速《すみ》やかに離れれば基本的には戦闘を免《まぬが》れる。

けれど一旦魔物のテリトリーに入ってしまうと——。

「ほ、ほわああ⁉」

エレメンタル周辺の石や岩が、突如として球体に吸い込まれるように動き出す。スラパチは慌ててそこから引き返したけれど、残念ながらもう遅かった。

おそらく、エレメンタルはあたしたちを敵と認識した。

絶えず岩石を吸収し続け、どんどん体ができ上がっていく。

球体はすでに体のどこかに埋まり隠れ、全長十メートルはありそうな岩巨人が生まれた。

雲を衝《つ》くような体躯《たいく》は見るからに頑丈そう。オークが体当たりしてもビクともしなそうだわ。

本能が警鐘《けいしょう》を鳴らしているのを感じる。早く逃げろと。私はエレメンタルを見上げながら叫ぶ。

「貴方たちはすぐに逃げてっ。あたしが時間を稼いでおくから！」

って言っても、実はピンチかも。ここに来るまでに、魔物との戦いで魔力を多く消耗したから。

こんなことなら、もっと温存しておくべきだったわ。

「そんなことできません！　おいらたちもトッゲキしますからっ」

「ぼぼぼ、僕も、やるよ、ぉぉぉぉぉ」

「あたしもやってやるわよ、コンチクショウ！」

ええええええぇ、三体が三体とも体当たりしに行っちゃったー！

ぷよん。

そして跳ね返ってきたーっ⁉

「いててて」

「うゅぅ……」

「はぅぅ……ぅあ……」

相手は何もしてないのにダメージ受けちゃってるじゃない⁉　……もう、しょうがないわねっ。

あたしはスライムとエレメンタルの間に移動すると、背筋をビッと伸ばして杖先の照準をエレメンタルへと定める。

やれる……あたしなら……絶対やれる。

窮地《きゅうち》に陥って精神が乱れていると、上手く魔法が発動できないことがある。だから、心を強く持って魔法プロセスを素早く踏んでいく。

杖の先に火の玉が生まれる。小魔法のファイアボールに酷似しているけど、選択したのはもっと強力なもの。火に魔力を注ぎ込んでいくと、目に見えてソレは大きく成長していく。

まだよ、まだ、このタイミングじゃない。もう少し大きくなってから――今ね！

巨大な火の玉を撃つ。エレメンタルの胸に大きな風穴が開く。

人間だったら勝負有り。でも、あたしはまだ口を引き結んだままだ。

「ォォオォオオォォォォオオオオ」

エレメンタルが低い唸り声をあげて崩れ落ち……ない。近くからまた岩石を補充して何事もなかったように動き出した。

さっきの球体が核《かく》なんだけど、身体のどこかに隠している。でも、あの巨体の中からピンポイントで探し当てるなんて無理だわ。

「お手上げかも……」

巨大な拳が持ち上げられたせいで大地が陰《かげ》った。きっと蠅《はえ》でも潰すように、あたしたちを圧殺《あっさつ》するのだろう。極大の凶器が振り下ろされようとする最中《さなか》、あたしはスライムたちを庇《かば》った。

ドゴォオオオオオオオン‼

鼓膜《こまく》が破れそうな轟音《ごうおん》がして辺りに岩石が飛び散る。あたしの肉体はいとも簡単に潰れて……。

「あぶね、間一髪《かんいっぱつ》だったわ」

潰れて…………ない。

目を開けると、何かがあたしたちを守るように包んでいた。……翼？

「『『おやびーーーーーん！』』」

なぜかスライムたちが狂喜乱舞《きょうきらんぶ》している。なになに、ついに親分がやってきたの？　あたしはそばにいた存在を直視し――。

「ん、おまえ誰？」

夢？　これは夢よね？　ドラ、ゴン？？　は？？？　なんか白銀の竜がここにいるんですけど！

「あ、あの、貴方……」

「おい、何で人間と一緒なんだよ？」

「おやびん、ルシルはわるいひとじゃないです！」

「ほ、本当、だよ。すごく優しい」

「それよりおやびん、あのデカいのなんとかしてっ」

「ああ、そうだな。ちょっと俺から離れてろ」

スライムたちが慣れた様子で避難《ひなん》するので、戸惑いつつもあたしはそれについて行く。

離れた場所に移動すると、エレメンタルの片腕がないことに気づく。

竜がガードした際に壊れてしまったのだろうか。だとしたら、あの竜は何て強度なのだろう。

「ね、ねえ、もしかしてあの竜がおやびんなの？」

スラパチに尋ねると、すごく自慢気に答えてくれた。

「そうです。おいらたちのおやびんで、ヒーローなんです」

「でもあれ、じゃ、邪竜じゃないの？」

「竜でもなんでも、おやびんはおやびんですから」

目眩《めまい》がして倒れそうになる。スライムの親分が邪竜とかどこの誰が予想できるっていうの？

とか言っている間に、エレメンタルはまた腕を再生した。核をやらない限り永遠に復活しそう。

邪竜は、高速飛行で接近。尻尾をエレメンタルの肩口に打ちつける。するとズリッと腕が落ちた。

破壊したのではなく切り落とした……？　あの尻尾は岩を切断するってこと？　信じがたい光景はまだまだ続く。

反対側の肩上に着地すると、エレメンタルの顔を豪快に蹴り飛ばす。そのインパクトで頭が胴体から離れ、遠くへ転がっていく。どれだけ脚力があるのかあたしには計《はか》りかねる。

「お、やったっぽいな」

邪竜が楽観《らっかん》する。

いいえ、まだよ。まだ終わらないはず。

案の定、エレメンタルは再び身体を作り直した。

「体内のどこかに十センチくらいの核があるの！　それを壊さないとだめなのよ！」

「核ってそんな小さいのかよ。何か探す方法はあんのか？」

「ごめんなさい……あたしじゃ」

「あ～ならいいわ」

「オオオォォォォオオオォン」

エレメンタルは邪竜を捕まえようと必死に体を動かすが、蜂が舞うようにあちこちに移動するので時折見失ってしまう。

単純な実力ならやっぱり邪竜が格上なのね。けど、核を見つけるのは難しすぎる。このまま戦いが長引けばいずれ……。

「だ、だいじょう、ぶ。おやびんは、強いから」

「そうよ、あんなのに負けるわけないじゃない」

「いっけー、きめちゃってくださーい！」

「あいよ」

　邪竜は気楽な返事をすると、そのまま垂直に上昇していってしまう。そしてあっという間に姿が見えなくなってしまった。

　エレメンタルもあたしも、ポカンと空とにらめっこするしかない。

　けれど次の瞬間、天空より一条の光が降ってきた。

　極太と表現していい光は、エレメンタルの巨躯《きょく》をいとも簡単にのみ込んだ。

　同時に、肌が焦げてしまうかのような熱風が押し寄せてくる。

　よく目を凝《こ》らすと、あれは光ではなく強い発色をもつ炎なのだとわかった。輝く炎を見つめていたのは十秒、ううん、もっと短かったかもしれない。そのわずかな時間で、エレメンタルはこの世界から跡形もなく消えてなくなった。

「シャイニングブレス、かっこいいですーっ！」

　スラパチがテンションマックスでハシャぐのも理解できた。あたしだって心臓がドキドキと忙しい。一生に一度経験できるかどうかの感動の渦中《かちゅう》に、今あたしはいる。

　バサッバサッと翼が風を切る音が聞こえてきて、天より彼が帰還する。

その泰然《たいぜん》とした姿は、神が地上へ降臨《こうりん》したのではないかと錯覚《さっかく》させるほどで、あたしの瞳にはもう彼以外映らなくなっていた。

「ちょっと手間取ったな。しかしおまえら迷子になりすぎだろ」

「ごめんなさい、おやびん……」

「まあいいけどよ。そんなシュンとすんな。帰るぞ」

「はい！」

邪竜は背中にスライムたちを乗せるとまた宙に浮かんだ。

「す、すごかったわ！　あたし生きててよかった！」

去っていく彼の背中に声をぶつけた。気の利いた言葉ではなく本音。だいぶ恥ずかしかった。

でも邪竜は馬鹿にすることはなく、少しだけ首を回した。

「もう二度と会うことはないだろうが、スライムたちを庇ってくれて……ありがとな」

ああぁ、邪竜が遠くへ行ってしまう。

「「「さよ〜なら〜！」」」

あたしは精一杯スライムたちに手を振りながらも、目で追っていたのは邪竜だけだった。

独りきりになると、あたしは長い間その場を動けなかった。

邪竜が弱ってる？　そんな様子はどこにもなかったわ。

最弱の邪竜ですって？　まぬけな人たちにさっきの光景を見せてあげたい。
本当に、本当にあたしたちは何もわかっていない。そう感じた。
あの圧倒的存在の彼に礼を言われたとき、あたしの中の何かが変わった。
たぶん、心を奪われた。
でもきっと、もう二度と会えない――。
そんなわけない！
奪われたものを取り返しにいくから、待っていて。
「真銀光竜《シルフィアス》……様」

――その日以来、あたしが彼の虜《とりこ》になったのは、言うまでもない話。

あとがき

こんにちは、瀬戸メグルと申します。

この度は、文庫版『邪竜転生1』をお手にとっていただき、ありがとうございます。

この作品の一文字目を書き出したのは、もう三年以上も前のことでして、時の流れの速さをしみじみと感じております。三歳も老《ふ》けました……。

当時は転生ものの小説がかなりのブームで、「やるなら今でしょ？　今でしょ！」というアホなノリから始めました。そうやってスタートした本作ですが、ありがたいことにアルファポリス第八回ファンタジー小説大賞で、なんと大賞を受賞！　素晴らしいイラストがついて、単行本として出版していただきました。

そして今回は、文庫の発売が決まりました。関係者様と読者様には頭があがらないですね。この文章も土下座しながら書いております。

さて、本作はうだつが上がらない主人公が不運にも死んで、異世界で凄い邪竜になって活躍するというお話です。

良い仲間に恵まれ、金銭的にも余裕が生まれ、次第に名声を得ていくわけで、どう考えても地球にいた時よりも素晴らしい人生を送るようになります。

しかし、その根本にある考え方や行動原理は、実は地球にいた時の経験や価値観が多大に影響しています。姿や状況が変わっても、核となる中身はそんなに変わっていないんですね。それゆえに、失敗も結構する。ある意味、人間らしい主人公になったかな、と思います。

書いていて難しかったのは、バトル重視にするか、ほのぼのファンタジーに寄せるかということでした。単行本の担当編集者さんとも何度か話し合ったのですが、最終的にこの二つのバランスをとった方向にしよう、ということで進めてきました。

手探りなところはありましたが、総じて楽しく書けましたね。

ちなみに、本作はコミカライズもされており、現在二巻まで発売しております。キャラがみんな活き活きしていて素晴らしいので、そちらもぜひチェックしてみてください。

それでは、また皆様にお会いできることを願っています！

二〇一八年九月　瀬戸メグル

邪竜転生
Jaryu Tensei
[原作] 瀬戸メグル
[漫画] 橋本ユウシ
Vol.1·2
Presented by Meguru Seto & Yushi Hashimoto
シリーズ累計 15万部!!
現代でパッとしなかった
ダメリーマンが異世界で転生したのは……
最強の邪竜!!
大好評発売中!
パッとしないダメリーマンが転生したのは異世界最強の邪竜。
自分を慕うスライム達と自由気ままに暮らしていたのだが、ある日、
そんな日常を揺るがす大事件が発生する——!
住み慣れた森を去り、あてのない旅を始めた
最強邪竜の運命やいかに……!?
元ダメリーマン邪竜の気ままな冒険ファンタジー、開幕!
◎B6判 ◎各定価:本体680円+税
Webにて好評連載中!
アルファポリス 漫画
検索

ネットで話題沸騰!
アルファポリスWeb漫画
面白い漫画が毎週読める!!
アルファポリスCOMICS
ゲート GATE
自衛隊 彼の地にて、斯く戦えり 原作:柳内たくみ 漫画:竿尾悟
原作:秋川滝美
漫画:しわすだ
居酒屋ぼったくり
原作 蛍石 漫画 彩乃浦助
じい様が行く
An Oldman in Counterworld.
原作 犬社護 漫画 桐沢十三
元構造解析研究者の異世界冒険譚
原作 小狐丸 漫画 ささかまたろう
いずれ最強の錬金術師?
人気連載陣
● THE NEW GATE
● 月が導く異世界道中
● 最強の職業は勇者でも賢者でもなく鑑定士(仮)らしいですよ?
● 異世界に飛ばされたおっさんは何処へ行く?
● 素材採取家の異世界旅行記
● 転生王子はダラけたい
● 異世界ゆるり紀行 ～子育てしながら冒険者します～
and more...
原作 椎名ほわほわ
漫画 六堂秀哉
とあるおっさんのVRMMO活動記
原作:金斬児狐
漫画:小早川ハルヨシ
Re:MONSTER リ・モンスター
選りすぐりのWeb漫画が無料で読み放題!
今すぐアクセス!
アルファポリス 漫画
検索
アルファポリスアプリ
スマホでも漫画が読める!
App Store/Google play でダウンロード!

アルファライト文庫

この作品に対する皆様のご意見・ご感想をお待ちしております。

おハガキ・お手紙は以下の宛先にお送りください。

【宛先】

〒150-6005 東京都渋谷区恵比寿4-20-3 恵比寿ｶﾞｰﾃﾞﾝﾌﾟﾚｲｽﾀﾜｰ 5F
（株）アルファポリス　書籍感想係

メールフォームでのご意見・ご感想は右のＱＲコードから、
あるいは以下のワードで検索をかけてください。

アルファポリス　書籍の感想　検索

ご感想はこちらから

本書は、2016年2月当社より単行本として
刊行されたものを文庫化したものです。

邪竜《じゃりゅう》転生《てんせい》～異世界《いせかい》行っても俺《おれ》は俺《おれ》～ 1

瀬戸メグル（せとめぐる）

2018年 10月 19日初版発行

文庫編集－中野大樹／篠木歩／太田鉄平
編集長－塙綾子
発行者－梶本雄介
発行所－株式会社アルファポリス
〒150-6005東京都渋谷区恵比寿4-20-3恵比寿ガーデンプレイスタワー5F
TEL 03-6277-1601（営業） 03-6277-1602（編集）
URL http://www.alphapolis.co.jp/
発売元－株式会社星雲社
〒112-0005東京都文京区水道1-3-30
TEL 03-3868-3275
装丁・本文イラスト－jonsun
装丁デザイン－ansyyqdesign
印刷－中央精版印刷株式会社

ISBN978-4-434-25108-5 C0193